勸你趁早
喜歡我
-2-
葉斐然——著

目錄
CONTENTS

第六章　老男人的魅力

寧婉告別了傅崢，匆匆吃了個速食，又處理了幾個所裡的工作郵件，一看時間，都快七點半了，趕忙收拾了東西，急匆匆就趕到了廣場舞的場地，說起來，這片新場地還是寧婉開拓的呢。

晚間的風一吹，此刻在這片敞亮的空地，倒是有些愜意，沒多久，好幾個老阿姨便聊著天慢慢聚集了過來，只可惜寧婉探頭探腦看了半天，也沒見到肖阿姨，這位廣場舞領隊，還真的是個大忙人，到了七點四十才姍姍來遲，而她一來，寧婉還沒找到機會搭話，這位靈魂人物肖阿姨就把音響一開，然後熱火朝天地就著有節奏感的音樂跳了起來……

寧婉沒辦法，總不能大家都在跳，自己一個人站著，太另類了，索性也一起跳了起來……

幾首舞曲下來，寧婉跳得氣喘吁吁，也終於在中場休息的時候，以自己僵硬的動作、尷尬的表情還有不倫不類的掉隊反應成功引起了領隊肖阿姨的注意——

「妳是？」

「肖阿姨，我叫寧婉。」寧婉笑咪咪的，也沒直接進入主題，先吹了一波彩虹屁，「我聽說妳跳舞特別棒，我平時一直坐辦公室，身體都僵硬了，跳得比妳差遠了，今天跟著妳一跳，覺得體力都不如妳，難怪妳身材保持得這麼好……」

只可惜肖美並沒有顯得多心花怒放，只矜持道：「是嗎？」

「怎麼不是，妳看以後我能喊妳肖姐姐嗎？」寧婉一臉淳樸道：「我之前是聽社區裡別人喊妳肖阿姨剛才才那麼喊的，可見了妳真人，妳看起來這麼年輕這麼有氣質，叫妳阿姨我真的有點喊不出口，要不然就叫姐姐吧？」

照道理來講，這些吹捧對大部分人都挺有用，對誇讚自己的人，人們總是更容易產生親近感，只可惜這位肖阿姨實在是個例外，大約平時眾星捧月被人誇多了，因此見多識廣，不論寧婉多麼讚美，她始終帶了點高高在上的疏離感和矜持，害寧婉也放不開手腳，無法推進自己的搭訕計畫。

倒是肖阿姨開門見山了，她瞥了寧婉幾眼，用洞穿一切的眼神逕自道：「說吧，妳來接近我是為了什麼？」

行吧……既然喜歡單刀直入，寧婉也不婉轉了：「是這樣的肖阿姨……」

結果話沒說完，肖美就咳了咳打斷了寧婉，她撥弄了兩下自己的瀏海：「剛才不是要叫姐姐嗎？」

「……」寧婉識時務者為俊傑，立即道：「肖姐姐，是這樣的，我叫寧婉，是悅瀾的社區律師，現在接了個案子挺困擾的，妳知道王麗英吧？聽說她是妳朋友，挺想和妳打聽點她的事的。」

結果寧婉把事情的來龍去脈講完，肖美卻並不來勁：「說實話，社區裡把我當朋友的人太多了，但我也不能每個朋友的事都管吧？王麗英也就是我們廣場舞團裡比較早參加的人而已，平時沒事聊兩句，妳一個年輕人，應該也知道塑膠姐妹情吧？」

「……」

肖阿姨賣夠關子了，才切入了正題：「當然了，要是我出手，自然馬到成功，妳想打聽什麼都能成，可這……妳也知道我挺忙的，哪有這麼多時間啊……」

寧婉聽出所以然來了：「麻煩妳去打聽這些事，當然是要有所表示的呀，肖姐姐妳有什麼需要的儘管說吧？」

說完這話，寧婉心裡祈禱起來，肖美可別獅子大開口啊……

肖美嘆了口氣：「房子車子錢，這些我都沒什麼缺的。」

寧婉鬆了口氣……

「我就缺個男朋友。」

寧婉這口氣又吊起來了，不過好在她也有對策：「沒問題，我和社區委員會季主任關係好著呢，社區裡有什麼優質單身資源，要是有合適的我幫妳打聽著留意好，下次介紹你們認識，就不知道肖姐姐對男朋友有什麼要求嗎？」

一說起這，肖美也很大方：「沒別的要求，就是帥點，高點，二十五歲以下就行了。」

？？？這叫沒別的要求？？？還要二十五歲以下？？

原來現在都流行忘年戀了？這真的難倒寧婉了，讓她去哪找二十五歲以下的英俊男青年配給這位肖阿姨啊……

好在肖美清了清嗓子，又自我補充了起來：「其實吧，我也不是要找真的男朋友，我就是不想輸。」

「什麼？」

肖美瞥了寧婉一眼：「不想輸給王麗英啊。」她不滿道：「其實不用妳講，最近社區裡已經有傳聞出來了，說王麗英找了個二十六歲的年輕男人當男朋友要結婚呢，可她長得有我好看有我看起來年輕嗎？怎麼她就能找到這麼年輕的男人？」

肖美頓了頓：「我其實本來早就想去一探虛實了，她怎麼能找到這樣的男朋友啊？是不是有什麼內情。」

寧婉愣了愣，突然覺得有點回過味來：「所以妳覺得自己沒和她一樣找到年輕的男朋友，面子上贏不過，就一直沒去？」

肖美有些不自然地咳了咳：「總之，就因為她這事，害我的風頭最近全被搶走了！大家都在討論她順帶議論我，說我再保養有什麼用，圍著我轉的還不都是些糟老頭嗎？」

她看了寧婉一眼：「妳讓我去打聽可以，但妳得幫我找一個二十五歲以下的年輕帥哥每天陪著我，也不是真的做男朋友，就陪我逛逛街聊聊天，讓那群背地裡說我的女人酸酸就行了。」

肖美說完，又補充了一句：「一定要帥！要高！要看起來有氣質！王麗英找了個二十六的，我就要找個更年輕的，二十五以下！」

「所以妳要找的其實不是男朋友，是類似那種陪玩的男公關？」

結果一聽「男公關」三個字，肖美的眉頭就皺起來了：「我不要男公關，一般沒怎麼讀過書，沒氣質的，而且油嘴滑舌，說不定想騙我的錢呢，我要那種學歷好的家世清白的！」

「……」

肖美下了最後通牒：「總之，妳找到我『小男朋友』的時候，就是我幫妳的時候。」

她說完，不再理睬寧婉，結束了中場休息，重新開了音響。

在廣場舞醉人的音樂節拍裡，寧婉苦思冥想，頭大如斗。如今事不宜遲，陸峰還在苦巴巴等著自己調查清楚呢，要短時間內找個英俊帥哥，還願意陪著肖美逛街聊天，這確實有點難度……

自己要是個男的就好了，那自己絕對願意為了辦案而犧牲……

等等！

順著這個思緒，寧婉突然有種柳暗花明的感覺。

自己如今可不是一個人了，也是有團隊的啊！自己這團隊裡，不是還有個男的嗎？

身材好，長得帥，個子高，氣質好，海外名校畢業，學歷優異，同時又和自己一樣，是這個案子的被委託律師，絕對願意為了工作做出一點小犧牲，唯獨……

唯獨傅崢三十了。

「都三十了？！不行！太老了！」

果不其然，等肖阿姨跳完廣場舞，寧婉再次上前「進貢」了人選的資訊，就遭到了對方的激烈反對：「三十不行！絕對不行！」

肖阿姨苦口婆心：「妳說要是二十六，我還能忍忍，至少和王麗英打了平手吧，二十七也還行，裝裝嫩也看不出到底幾歲，可妳找個三十的，不太行啊，男人過了二十八，就是殘花敗柳了，這都三十了！我帶出去，多掉面子！一下子就輸給王麗英了！」

寧婉沒想到，三十歲正值壯年的傅崢竟然都能慘遭嫌棄……

但是她還是努力推銷道：「我這個雖然三十，但是真的不錯，特別帥！帥到沒朋友那種！肖姐姐，年齡不是問題啊！男人越老，越像醇厚的酒，越有味道！」

寧婉又瘋狂吹了一波傅崢的顏值、大長腿和冷峻氣質，肖阿姨總算有些鬆動：「既然妳這麼說，那我勉為其難見一面吧，給他個機會。」

寧婉得了這顆定心丸才千恩萬謝地回去了。

然而寧婉沒想到，搞定了肖阿姨，這事的推進竟然折戟沉沙在了傅崢身上。

「不行，我拒絕。」

第二天上班，幾乎是寧婉剛說了這個方案，就遭到了傅崢的強烈拒絕，他板著臉：「我是個律師，妳知道律師的時間多寶貴嗎？律師每一分每一秒應該用來幹什麼妳知道嗎？」

「知道知道！可傅崢，你說的那種每分每秒都很寶貴的最起碼是合夥人級別的，你知道底層律師最不值錢的是什麼嗎？就是時間！」

「律師要是沒資歷，那時間就不是時間，因為人家合夥人能靠著經驗和專業花十分鐘解決的案子，我們這樣的律師可能要花幾倍的時間，我們就是靠這樣才能追趕人家的。」

寧婉說得都有些口乾舌燥了：「何況我們現在是社區律師，社區律師的工作內容很繁複，你以後要是想做民事領域，也免不了和這些事打交道，很多婚姻糾紛律師在幫當事人辦理離婚訴訟的時候，還得跟著當事人一起去抓姦固定證據呢！」

寧婉說得道貌岸然，但傅崢簡直快要氣死。

他，堂堂一個高級合夥人，一個時薪在兩國法律市場都是頂尖的商事律師，竟然被寧婉準備派去當「三陪」？！

傅崢聽到這個要求的時候，幾乎震驚到都快說不出話來了。

寧婉說得倒是好聽，說那叫深入調查幫助當事人確定法律事實，可實際呢？實際難道不就是叫自己犧牲色相？自己一個專業的律師，最後竟然要去做和「鴨」一樣的工作？

雖然她說的確實有道理，基層律師就必須花這個時間去調研事實情況，可傅崢只是裝成基層律師而已，他內心一個高級合夥人的尊嚴讓他沒有辦法接受這樣的安排，一旦自己做了這種事，這將是自己職業生涯裡永恆的黑歷史……

「傅崢，求求你了，現在陸峰的清白能不能洗刷就看你了！」

傅崢抿緊了嘴唇，不為所動：「他的清白是洗刷了，那我的清白呢？我的清白就不要了？」

「你這說的什麼話呀，肖阿姨就是找個人陪著聊聊天逛街，不是找你當男朋友，怎麼就破壞你的清白了呀？」

「那妳花點錢，僱個別的男人去陪。」

但凡自己要是有錢或者要是能找到別的男人，寧婉會找傅崢嗎？！

這樣下去不行，必須得來個大招！

寧婉眨了眨眼，一臉鄭重地開始信口雌黃：「其實是這樣，是肖阿姨點名要你的，她之前在社區裡對你驚鴻一瞥後就念念不忘，沒想過世間竟然還有這麼帥氣的男子，而且不僅帥，身材還好，那個腿那個腰，氣質又不同於路上別的庸脂俗粉。」

寧婉不管三七二十一就往死裡吹：「曾經滄海難為水，除卻巫山不是雲，都怪你自己長這麼帥還成天在大馬路上晃蕩，害人家肖阿姨自此就看不上別的男人了，覺得這小夥子這麼帥，特別想認識一下，你知道的，男人的審美很穩定，永遠愛十八歲年輕女孩，我們女人也是啊，肖阿姨從單純審美的角度出發，喜歡有個年輕帥哥陪著自己逛逛街，有錯嗎？要是有錯，錯的那也是你傅崢啊，恃靚行凶就是犯罪！」

「……」

雖然傅崢的臉還板著，但表情看起來鬆動不少。

寧婉再接再厲，又是一通自我發揮的狂吹，直把傅崢也吹得有些頭重腳輕，他咳了咳，有些不自然道：「她就真的……這麼欣賞我？」

「那是啊！你得轉換下思考方式，什麼叫『三陪』呢！你把人家肖阿姨想像成你的媽媽粉不就行了？你作為人家的偶像，給自己鐵粉一點福利，陪人家聊聊天逛逛街怎麼了？同時又能完成工作，豈不是一舉兩得的美事？」

「……」

對於陪肖阿姨，傅崢內心其實是拒絕的，但沒想到自己就算隱藏了身分，身上的氣質還是遮不住，是金子總會發光，竟然讓肖阿姨如此欣賞和迷戀……這或許確實是自己的責任……

「你啊，出挑的長相和人格魅力還是讓你注定無法普通，所以傅崢，你要有點社會責任感，幹點自己力所能及的事！」

寧婉還在遊說，傅崢心平氣和地想了想，覺得她說的話確實也有一定的道理，何況總體來說，這也算是一次難能可貴的生活體驗……

於是最終，傅崢鬆了口：「既然這樣，那我試試吧。」

他鬆了口，寧婉也鬆了口氣，事不宜遲，她立刻聯絡了肖阿姨，然後把傅崢帶了過去。

傅崢見肖美之前其實有些擔憂，這位老阿姨都這麼迷戀自己了，要是見到真人不知道會不會激動過度，自己要怎樣讓她保持理智和距離？

然而真的到了肖美面前，傅崢想像的情況竟然一個也沒出現……

肖美特別冷靜。

冷靜得有些過頭。

她不像個粉絲，倒像個挑剔的豬肉買家，打量傅崢的眼神就像看一塊特價豬肉……

傅崢皺著眉看向了寧婉。

寧婉的解釋有些磕磕巴巴，她低聲道：「這叫近鄉情怯！看到偶像太激動以至於還沒徹底反應過來，所以表現都異常了，這是一種人的自我保護機制，其實她內心風起雲湧著呢！」

傅崢勉強接受了這種解釋，肖美又看了傅崢幾眼，然後對寧婉點了點頭，寧婉露出鬆了口氣的模樣，然後兩人就和傅崢打了個招呼號稱要一起去廁所。

傅崢沒有在意，他坐在原地等，結果等了很久，也不見寧婉回來，他今天中午約了高遠，一看時間有些尷尬，恐怕要遲到，於是起身準備打通電話給高遠說明，只是傅崢剛繞到一個安靜的地方拿出手機，就聽到了樹叢另一側傳來的聲音，竟然正是號稱去廁所的肖美和寧婉的——

「肖姐姐，我說了吧，人是不是不錯？」

回覆寧婉的，是肖美冷傲的聲音：「嗯，還不錯，雖然三十了，但不太顯老。」

傅崢：「？？？」

「我都和妳說了，我介紹的，品質保證，我們傅崢雖然三十了，但是之前一直在學校念書，很天真單純的，妳看，這眼神多清澈是吧？其實男人重要的不是年紀，是清純！有些男人二十五又怎麼樣呢？都是社會老油條了，我們傅崢年紀是大了點，但是硬體軟體都特別優秀，眼神裡透著乾淨！就讓他陪妳吧？妳看行嗎？」

「……」

傅崢抿了抿唇，放下了手機。

說好的肖阿姨是瘋狂迷戀自己的鐵粉呢？這個場景寧婉怎麼看起來像個強買強賣推銷的？什麼叫自己年紀雖然大了點？這說的像自己沒人要，是推銷滯銷品跳樓大拍賣似的。

「行吧，就他吧，長得確實是很帥身材很好。」肖美嘆了口氣，「就是年紀大了點是硬傷，小寧我和妳說啊，妳肖姐姐我過來人的肺腑之言，看男人，也不能只看臉蛋的啊，這傅崢都三十了，怎麼還在社區做基層律師啊，都說三十而立，這肯定是能力有點不行。」

什麼叫能力不行？！什麼叫年齡大點是硬傷？

傅崢捏著手機，差點氣到升天。

肖美卻還在那邊長吁短嘆：「一想到這，我再看他，覺得他魅力都大打折扣了，男人老點也不是不行，但要有成熟的魅力，不能都三十了，還是個小律師，我這個人啊，看男人也是看內涵的，雖然他這臉真的不錯，但一想到這小夥子水準這麼差，只是個男花瓶，也是有點提不上勁……不過算了，世人都膚淺，有他這張臉，我在王麗英面前也能抬起頭了。」

「……」

肖美拉拉雜雜說了一堆，最後得出結論——她勉為其難接受傅崢了。

這勉強的態度和言辭間的嫌棄，讓傅崢再次對自己的價值產生了疑惑——

沒多久前，他覺得自己同意寧婉投餵半年晚飯換取自己案源實在是自己這輩子做的最廉價的一件事，但如今他才意識到，自己到底還是天真，永遠不要以為生活已經觸底了，因為沒有最廉價，只有更廉價……

如今的他，去做「三陪」，不僅沒有半年的晚飯，竟然還需要倒貼。

傅崢覺得自己的人生觀被徹底打碎然後重塑了。

來社區體驗基層以來，他的脾氣越來越好了。

還三十歲的自己沒魅力？他倒是要讓這兩個一老一小瞎眼的看看，什麼叫魅力。

寧婉並不知道自己和肖美的一席話都被傅崢聽到了，她和肖美達成一致後，就重新回到了傅崢的身邊。

「傅崢，肖阿姨特別激動，剛才在廁所拉著我說到都不肯放手，不過她是個害羞的人，所以表現上有些矜持，你不要在意，等等陪她去她們老姐妹聚會的地方一起喝個咖啡就行，你中規中矩表現就可以！我和她商量好了，就喝一次咖啡，之後都不用你陪了，讓她去她的老姐妹那長長臉，她就幫我們去找王麗英打聽。」

寧婉自問自己一席話說得滴水不漏，但也不知道怎麼的，傅崢的臉上有些努力克制般的泛黑，他看了寧婉兩眼，然後有些陰陽怪氣地笑了笑：「哦，好。」

寧婉沒在意，又關照了他幾句，才目送傅崢和肖阿姨離開。

肖美的老姐妹聚會沒有持續很久，一兩個小時後，傅崢就回來了，比起剛去時他難看的臉色，他如今的神情看起來……難看得沒有那麼明顯了……

「搞定了？」

傅崢冷哼了聲：「搞定了。」他看了寧婉兩眼，憋了憋，最終像是沒忍住，聲音陰陽怪氣道：「雖然三十歲高齡了，能力也不太行，好在老得不太明顯，就勉強一張臉能看，是個男花瓶，但好歹不辱使命，超品質高效地完成了任務。」

「……」

寧婉有些尷尬：「你聽到了啊？肖阿姨有點偏執，之前一定要二十五歲的……」

「妳不是說她是我真愛唯粉？指定了要我去？」

「就……」寧婉真心實意道歉道：「對不起，實在是辦案需要，就委屈你了，我其實覺得三十一點也不老，正當壯年大有可為，而且你看起來確實不太像三十的，你要是真的很介意，我去幫你和肖阿姨好好理論！告訴她男人三十一枝花！另外，我包你一年的晚飯吧！你要是不原諒我，我就一直包下去？」

寧婉以為傅崢可能還會耍耍小性子，沒想到一聽自己這話，他幾乎當機立斷道：「我原諒妳了，做飯大可不必，真的不用了。別人對男人年齡和魅力的誤解也不需要妳澄清，我自己會用能力證明。」

受了這麼大的委屈還不要自己做飯報答，寧婉心裡更是充滿了愧疚，此刻再看傅崢的身影，都覺得倔強裡透著逞強……

「其實……雖然肖阿姨不能欣賞你的魅力，但我那些話，也不全是假的，我自己確實這麼覺得，你確實挺帥的……」

寧婉憋了半天，還是沒忍住：「你氣質也真的很好，這些我沒騙你……而且你為人特別善良，還願意幫助別人，學習能力也很快，做什麼都挺像那麼回事，雖然現在還只是個基層律師，但只要這樣堅持下去，一定會越來越好的！」

雖然一開始當面誇傅崢有些羞恥，但一旦說開了，寧婉倒是也真心實意了：「很多人大器晚成，雖然三十歲沒有資歷相較於同齡人是個劣勢，但保持進步就好了，人生是場長跑，你只要比別人穩得住就好了，我很看好你的傅崢！」

傅崢活到三十歲，不是沒聽過吹捧，然而面對寧婉如今這種坦蕩直白的鼓勵和誇讚，反倒有些不自在，寧婉確實十分漂亮，她盯著別人看的時候眼睛會不自覺地睜大，圓圓的。

都說長杏眼的女生容易讓人產生保護欲，會覺得既可愛又清純，雖然寧婉平時的操作根本和這幾個詞搭不上邊，但傅崢這一刻卻發現，是真的。

雖然從工作上而言，寧婉無疑是俐落又幹練的，這樣的人原本應該理智老成，然而寧婉又實在很好騙，傅崢毫不懷疑只要自己願意，寧婉能被自己騙了還幫自己數錢。

她太輕信自己了，她太大意了。

生平第一次，傅崢產生了輕微的愧疚感。

好在傅崢的愧疚感在和高遠見面沒多久後就煙消雲散了。

高遠遇到了一個跨國併購糾紛案，對幾個細節和操作實在有些頭疼，於是拿來諮詢傅崢：「你處理這類案件多，你說說這時候應該怎麼操作？對方又是惡意收購……」

一講到案子，傅崢便沒閒心想別的了，他開始全情投入地講起來。

兩個人斷斷續續討論加分析，等高遠露出恍然大悟的表情，已經過去了快一小時。

「你真的不做商事了？這多可惜啊！」

對於高遠的惋惜，傅崢倒是淡淡的：「沒挑戰的事繼續做下去，人生就太沒意義了。」

傅崢頓了頓，「何況也不叫不做商事了，還是做的，只是連帶做一下，主要精力還是想用來開拓新的領域。」

他講到這裡，突然看了高遠一眼，轉移了話題：「對了，沈玉婷，你了解嗎？」

對於傅崢這個問題，高遠雖然愣了愣，但還是答道：「知道，不過不太熟，你問這個幹什麼？是看上她團隊裡的誰想要來你自己的團隊？」

傅崢嗤笑了聲：「她團隊裡的所有人，包括她，我都看不上。」

「那你問她的情況幹什麼？」

傅崢沒直接回答，只問道：「高級合夥人需要負責考核所裡的中級合夥人，所以這個沈玉婷，這幾年來業務和收入怎麼樣？」

高遠說起主管考核倒是有點嘆氣：「她這兩年收入和業務量都在下降，丟了好幾個老客戶，照理說不應該啊，尤其這幾個老客戶平時都合作得好好的……」

「查查她的老客戶是不是和她走私帳了吧。」傅崢看了高遠一眼，笑了一下，又補充道：「另外除了沈玉婷，沈玉婷團隊裡兩個律師，李悅和胡康，剛開始不是安排他們也要來社區駐紮嗎？可我在社區這麼久，這兩個人從來沒出現過，所以所裡安排的工作，想不來就不來？你們幾個高級合夥人邀請我加入的時候，可是說所裡氣氛多好多好的，現在，就這樣？」

高遠沒想到傅崢會突然對所裡的人事發難，捏了把汗道：「知道了知道了，我回頭處理，嚴懲！絕對嚴懲！但你可記住啊！你答應我加入我們所的！我在幾個別的高級合夥人那都拍胸脯了！可不能中途跑去別的所啊！」

傅崢抿唇又笑了一下：「你最好在我入職前把所裡亂七八糟的事和人清理整頓掉，否則等我正式入職，清算起來就不留情面了。」

「正元所的社區律師專案雖然運作得很順暢，但三個派駐律師裡，只有寧婉一個人堅守崗位，雖然世上的規則不是種瓜得瓜種豆得豆，但我的世界裡不會讓老實人吃虧。」他看了高遠一眼，「你們不能欺負寧婉。」

「沒問題沒問題！」

「對了，」傅崢又想起了什麼一樣，叮囑道：「你處理這件事的時候，記得藝術性的不小心透露一下，把沈玉婷情況檢舉給你的，是個男人。」

「啊？為什麼？」

「你問這麼多幹什麼？難道你做不到嗎？」

「做得到做得到！我演技那麼好，一定會無意間不小心說漏嘴是個男生檢舉的！」

只是點頭保證完，高遠語氣又有些發酸了：「傅崢，我認識你這麼多年，以前我在不知情的情況下被人抄了論文，結果老師誤會我幫人家一起作弊，讓我也重寫論文，那時候怎麼沒見你這麼『不讓老實人吃虧』、『你們不能欺負高遠』啊？怎麼換到人家寧婉，你就雙標了呢？就因為她長得漂亮嗎？」

傅崢皺了皺眉：「你是女生還是男生？你還需要保護？」

高遠委屈上了：「怎麼了？男人就不該被保護啊？現在還流行猛男落淚呢！」

傅崢嗤之以鼻：「你後來不是搜集證據證明你沒有協助作弊完全是被抄襲的被害人洗脫冤情了嗎？你自己都能處理要我幫什麼忙？而且，你是老實人嗎？你還老實？你老實能和我做朋友？」

傅崢自然不是個好東西，但能和傅崢狼狽為奸的自己，又能是什麼好貨？

「……」高遠憋了憋，竟然覺得有點無法反駁，他想了想，只好反問道：「那你怎麼知道寧婉不能處理啊？」

「她不行，她有點傻氣。」

「精明都是歷練出來的，傻氣嗎，多碰幾次壁就好了啊，你就算路見不平想護著她一時，還能護一輩子啊？授人以魚不如授人以漁，你還不如教教她怎麼搞職場關係怎麼精明站隊……」

傅崢沒有再理睬高遠：「你很閒嗎？不是要處理那個惡意併購嗎？你老婆好像正缺個人陪逛街呢，你這麼空閒我和她打通電話？」說完，他就拿起了手機。

高遠一聽陪老婆逛街，當下頭皮發麻，再也不廢話了，趕緊閉了嘴就走。

而另一邊，寧婉絲毫不知道她在「傻白甜」傅崢的眼裡才是真正的傻白甜，這幾天都還非常樂呵地幫傅崢忙前忙後爭取利益。

在她的努力下，今天，傅崢的椅子正式從高貴典雅地中海藍塑膠椅升級成了和她同款的座椅。

只是就在她拉著傅崢試用這新椅子時，肖阿姨嫋嫋婷婷走了進來。她左右環顧了下，在看到被電腦遮住的傅崢後，眼睛咻地就亮了起來——

「小傅啊。」肖阿姨撩了撩頭髮，「這幾天怎麼都沒見到你？」她的語氣有些哀怨，朝傅崢風情萬種地眨了眨眼，「不是說好回頭聯絡我嗎？」

寧婉皺著眉，一時之間有些莫名，她狐疑地看向了傅崢。

肖阿姨此前對三十歲高齡的傅崢接受得還頗為勉強，怎麼突然熱情似火一日不見如隔三秋了？

傅崢倒是挺冷靜，三兩下化解了肖阿姨的秋波，轉向了正題：「王麗英王阿姨那邊有什麼新情況嗎？」

一說這個，肖美就眉飛色舞起來：「當然有，我肖美輕易不出手，出手自然手到擒來。」她又拋了個媚眼給傅崢，才壓低聲音道：「王麗英那個男朋友，是假的！」

肖美得意洋洋：「我就說嘛，她怎麼突然能找到個二十六歲的小男朋友，果然是假的！完全是她杜撰的！」

「那男的啊，就是她鄰居，也不知道她怎麼了就沒反駁人家，但反正，他們相愛這種話，都是假的。」

「她和妳這樣承認了嗎？」

肖美抬了抬眼皮：「哪能呢？她呀，也藏著掖著，這種事大概吹牛也有點不好意思，當然不會說開囉，可女人有沒有談戀愛，我是看得出來的，她呀，剛開始說的還有板有眼，說兩個人戀愛要結婚呢，結果我越問越破綻百出，我看她也是死要面子活受罪，花錢找了這男鄰居裝情侶……」

肖美並不知道王麗英和陸峰的細枝末節，然而寧婉心裡咯噔一下，肖美的話印證了她的猜測，陸峰說的話不假，他確實沒和王麗英談過戀愛，那麼……

那為什麼王阿姨一定要號稱和對方談戀愛了，還要結婚？

傅崢顯然也想著這個問題，他皺了皺眉，看向肖美：「所以王阿姨還有和妳聊些什麼嗎？」

「當然，也聊了不少，她也不容易，兩個兒子都那麼不孝順。」肖美嘆了口氣，「她吧，也算是辛苦了一輩子，一口氣沒停過，替這兩個兒子都買了房子娶了老婆，結果有了老婆沒了娘，兒子兒媳沒一個好東西，別說給她錢，不訛她錢都不錯了。」

說到這裡，肖美也挺唏噓：「我以前不知道，原來她這段時間都沒再來跳廣場舞，是因為診斷出癌症了……病後這段時間，兩個兒子也沒照顧她多少，去醫院化療也是用她自己好不容易存下的養老錢，兩個兒媳婦甚至成天勸她保守治療，別治了，吃齋念佛抄金剛經就行了，也不知道安的什麼心。」

「她化療了身體差，可兩個兒子也不管不顧，有幾次她都躺著起不來了，以為自己不行了，都沒人管，倒是自己那個男鄰居挺熱心一直忙前忙後照顧她，不然她早就死了！我看吧，她就是因為人家照顧自己，重病了人又沒個心靈寄託，所以才把人家想像成了自己的男朋友！」

「……」

肖美又講了些有的沒的，然後抿唇笑了笑，看向了傅崢，又撩了撩頭髮，拍了拍傅崢的肩，關照傅崢有空一定要聯絡自己，傅崢虛與委蛇了幾句，肖美才再次嫋嫋婷婷依依不捨地走了。

肖美一走，傅崢臉色就有些差：「我是不是白做『三陪』了？陸峰和王麗英沒有戀愛關係至今仍舊是肖美自己的理解推測，其餘資訊也都無關緊要……」

「沒有！我覺得你已經不辱使命了！」寧婉卻不這麼想，「你不覺得我們已經離真相很近了？」

「什麼？」

「人做某件事都會有個動機，你聽肖阿姨的話裡，王阿姨內心明明是很感激陸峰的，對方在她困難時伸出援手，她的言辭裡充滿了讚美，照道理她沒有理由去陷害這樣的恩人，但如今對陸峰，卻是一反常態死咬著說兩個人發生了關係必須得結婚，那麼是什麼初衷？」

傅崢沉吟了一下：「要不然還是幫王麗英鑑定下精神狀態吧？他們家祖上是不是有遺傳的精神分裂？」

寧婉有些哭笑不得，她有時候真是佩服傅崢的邏輯：「社區裡哪有這麼多精神問題的，社區裡人與人糾紛的精髓說白了就是錢和利益，你設身處地想一下？」

傅崢搖了搖頭：「我得不出結論來。」

「那先別想了，我們直接去拜訪下王阿姨，我覺得很快就能知道答案了。」

即便寧婉這麼說，傅崢其實並不對拜訪王麗英有什麼期待，按照這位王阿姨此前的表現來看，她會主動承認自己欺騙行為的可能微乎其微，而個人名譽侵權案件是誰主張誰舉證，只要陸峰這邊拿不到證據自證清白，這案子就很難翻盤……

傅崢跟著寧婉，實在不知道她葫蘆裡賣什麼藥，如今兩個人雖然找了肖美周旋了一番，也得到了一堆零零碎碎的八卦消息，可這些資訊根本是無用的。寧婉此刻去見王麗英，無外乎是繼續曉之以情動之以理，但傅崢已經做好了她被拒絕的心理準備。

果不其然，表明身分和來意後，王麗英對他們並沒有好臉色，勉勉強強把人迎進了房內，但一臉拒絕對話談判的模樣。

傅崢等著寧婉開口勸誡，寧婉也確實清了清嗓子，然而她一開口，說的內容卻與傅崢想得大相逕庭。

她沒有柔聲細語和平易近人，而是聲音嚴肅冷酷：「王麗英女士，我們已經掌握了妳對我們的當事人陸峰先生誹謗造謠的事實證據。」

寧婉還沒等王麗英反應，就逕自繼續道：「雖然可以理解妳因為兒子不孝不想將房產給予兒子，而想透過結婚給陸峰的心態，但妳的方式無疑對陸峰造成了巨大的困擾和傷害，這是違法的。」

傅崢皺起了眉，一下子沒跟上寧婉的邏輯，這都是什麼跟什麼？

寧婉卻不為所動，只是繼續道：「妳的行為已經嚴重影響到了我當事人的正常生活，他原本已經計畫和前妻復婚，如今前妻聽到了妳的謠言，對陸峰造成了誤會，已經拒絕談判溝通了，妳的行為不僅使得陸峰失去了本可以美滿的婚姻，更是害他的女兒嬌嬌失去原本可以團圓的家庭，重新成為了單親孩子！」

寧婉的聲音抑揚頓挫，既有威嚴又帶了點肅殺，充滿了義正辭嚴，以至於傅崢也腦筋轉了個彎才反應過來她是在一本正經的胡說八道。

首先，他們根本就沒有掌握任何證據；其次，王麗英什麼時候是因為兒子不孝想把房子給陸峰才提出結婚的？最後，陸峰什麼時候要和前妻復婚了？這根本是寧婉的信口雌黃……

律師，最講究的就是基於事實，不能胡編亂造，寧婉演的又是哪一齣？何況法律事實這種東西，只要對簿公堂，根本不是妳胡編就可以被認定的……

只是出乎傅崢的意料，此前絲毫不配合的王麗英皺著眉聽完，沉默了片刻，竟然抖著嘴唇開了口，問了個完全不相關的問題：「陸峰要復婚？」

寧婉點了點頭，臉不紅心不跳地胡說道：「是的。」

而就在傅崢以為她會繼續用官方嚴肅的態度交涉時，她卻在這時放緩了語氣：「王阿姨，我們都掌握證據了，也知道妳為什麼會想和陸峰結婚，但也請妳設身處地想一想，妳對自己兩個兒子怨恨不滿，不想給他們房產，但把無辜的陸峰牽扯進來，就不太好了，對陸峰太不公平了。」

「他還這麼年輕，就壞了名聲，不說前妻，以後還有哪個正經的女生肯跟著他？難道妳覺得結婚後把房子給了他，他就一定能幸福嗎？妳都沒問過他，他願不願意要這間房子呢？妳現在死命拉著他加入你們這個亂局，妳到底是感恩他還是恨他？難道妳要他為了這間房子，葬送自己的一輩子嗎？妳想想之前妳化療時，兩個兒子不管不顧，反倒是陸峰不求回報真心實意的幫忙，妳怎麼能坑他涼了好心人的心呢？」

寧婉這些都是猜測而已，傅崢聽了都覺得是無稽之談，雖然王麗英的兒子確實不孝，但要是真的不想把房產給兒子，想給陸峰，完全可以透過遺囑贈與的形式，根本沒必要這麼大動干戈地拉著陸峰結婚，這都不是報恩，是壞人口碑了，因此任何一個有邏輯的律師都不會做這種假設，傅崢不知道寧婉想出這種清奇的想法是不是已經對這個案子自暴自棄了。

然而讓他完全沒想到的是，聽完寧婉這番話，此前表情一直毫無破綻的王麗英眼眶竟然紅了：「因為我的事，現在他老婆不肯復婚了？」

寧婉一本正經嚴肅地點了點頭。

「是我想得太簡單了。」王麗英的神色終於出現了波動，有些愧疚又有些難堪，嘴唇顫抖著哽咽道：「我……我確實……沒替小陸想過……」

老人的模樣頹喪又悲慟：「既然你們現在也知道了，我也不瞞著了，我當時一心想著不想把房子給那兩個狗東西。一把屎一把尿把他們拉扯大，最後到頭來巴不得我早點死，別拖累他們，還不如小陸這個隔壁鄰居對我好，我真的不想害小陸，我……我真的只想等我死了房子能讓小陸分走……」

「……」

讓傅崢大跌眼鏡的，寧婉這番胡扯竟然還真的戳中了事實，也不知道是該誇她夢想照進了現實還是瞎貓碰上了死耗子。

總之，在寧婉如此一番真真假假的引導下，王麗英最終心理防線潰敗，一鼓作氣把自己心裡那點彎彎繞繞都交代了，竟然和寧婉胡亂猜測的幾乎分毫不差。

「所以妳死活要拉著陸峰結婚，只是為了想報答他把房子給他？」

面對傅崢的疑問，王麗英點了點頭，抹了把眼淚：「不然我和他非親非故，怎麼把房子給他？等我一死，我那兩個兒子肯定要來搶房子，要是陸峰和我結婚了，我死了，房子不就歸他了？我那兩個兒子也沒話講。」

傅崢有些目瞪口呆，他不得不仔細又深入淺出地和王麗英解釋了遺產分配問題：「要是沒有遺囑，那就根據法定繼承，那麼如果妳和陸峰結婚了，妳要是不在了，陸峰作為妳的丈夫，妳的兩個兒子和女兒，他們這幾個都可以平分妳的遺產，也不是陸峰一個人就可以獨吞房子。而妳想要把房子只留給陸峰，寫個遺囑進行贈與就行了。」

拉拉雜雜講解了半天，王阿姨才終於恍然大悟，她抹掉了眼淚，有些結結巴巴解釋道：「我……我雖然沒什麼文化，但也看過電視劇，裡面老頭死的時候也寫了遺囑，把房子留給了撿來領養的小兒子，結果等老頭真的一死，幾個親生的兒子就不認帳了，說是造假的，還打官司，老頭都死了，死無對證的，小兒子又不是親生的，最後房子就沒判給他……」

她期期艾艾道：「我就看了那個，知道自己寫把房子給誰都不中用，等我一死，誰知道我那兩個兒子怎麼鬧事，而且……」

王麗英尷尬道：「而且我也不會寫字，我這一輩子只會寫自己的名字，別的……什麼也不會寫，就算讓我自己寫什麼遺囑，我也寫不來，要是我讓別人替我寫，那我兩個兒子更不認了……我想來想去，也只有和小陸結婚把他變成親人，才能把房子名正言順給他了……結婚證書不是國家法律保護的嗎？」

原來如此，傅崢直到這時才恍然大悟。

社區律師的工作確實與他平時做的全然不同，難處往往並不在法律的運用上，而是在與當事人的溝通和取證上。

商事糾紛的當事人往往受過良好的教育，法律觀念成熟，因此傅崢交流起來從沒感覺過障礙，他完全可以用自己的邏輯去推斷對方的，因為是處於同一水準和理解能力上的，然而社區居民的法律理念卻是參差不齊，或許有很多教育水準不錯的年輕人，但也有大量如王麗英這樣，並不識字沒太多文化，對法律理解完全一知半解，大部分甚至是從一些不可靠的電視劇上知道的……

也是這時，傅崢才後知後覺地意識到，寧婉此前那番話，或許並不是天馬行空胡扯的，而是她很好地代入了王麗英的立場，根據肖美提供的蛛絲馬跡，用王麗英的思考方式推斷問題所在的點。

讓她一擊即中的從來不是瞎貓碰上死耗子的僥倖和狗屎運，而是豐富的實踐經驗和靈活轉換的思考方式。

傅崢現在開始真正理解了高遠的話，某種程度上來說，寧婉確實很優秀。

「王阿姨，這些電視劇都是騙人的，法律哪是這樣的呀。」

寧婉的聲音打斷了傅崢的思緒，他重新整理了下情緒，順著寧婉的話，也開始介入案件，認真解釋起來：「王阿姨妳說的是自書遺囑，自書遺囑確實必須由立遺囑的人全文親筆書寫、簽名，也不需要任何見證人就可以生效，但除了這種遺囑方式，還有幾種別的方式法律也是認可的。」

「第一種就是代書遺囑，簡單解釋，就像王阿姨妳這種情況，不會寫字，那就讓別人替妳寫，只要訂立遺囑的過程裡有至少兩個見證人就行，這兩個見證人要和妳這房子沒有利害關係，最後妳和見證人都得簽名，這也有效。」

「第二種更簡單，是錄音遺囑，也就是透過錄音的方式把妳的遺囑記錄下來，也需要至少兩個沒有利害關係的見證人，見證的方式和情況呢，可以採用書面記錄，最後也是都簽名就行。」

「第三種口頭遺囑，但這種一般不推薦，因為這種只有在病危時沒遺囑臨時口頭說才能成立，但也需要至少兩個沒有利害關係的見證人，而且一旦病危的情況沒有發生，口頭遺囑就無效，所以很容易引發糾紛。」

傅崢笑了笑：「我比較推薦的是公證遺囑，妳完全可以到戶籍所在地的公證機關申請辦理，收費也很便宜。」

王麗英也來了精神：「只要這麼辦一下法律上就有效？真的不用和陸峰結婚了才行？」

「當然。」寧婉眨了眨眼，「妳要是能澄清和陸峰的關係，我們也願意幫妳和他溝通，就沒有必要上法庭了，這不是雙贏嗎？」

王麗英臉色頗為動心，但很快又出現了難色：「可……雖然我的孩子都是上容市戶口，但我的戶口還是老家鄉下的，我現在身體又不行，讓我回老家公證，感覺吃不消啊。這能找人代辦嗎？」

寧婉搖了搖頭：「公證遺囑必須親自辦理，但如果遺囑訂立人因病或者別的特殊原因不能親自去的，可以要求公證機關派公證員到妳這來辦理，不過，一旦辦理了以後，如果妳想改的話，也得透過這家公證機關才行，這點上其實有些不方便。」

寧婉頓了頓，看向王麗英。

老年人的想法很多變，說不定現在死活不想給兒子，但臨到生命的盡頭，卻改了主意呢？

「考慮到王阿姨妳說的老家是農村，可能和當地的公證機關溝通也比較麻煩，外加之後變更或者撤銷遺囑也會增加難度，我其實推薦妳可以做律師見證遺囑。」

「這是什麼意思？要怎麼辦？」

「我們可以接受妳的委託，按照妳的意思幫妳寫清楚遺囑內容，並且作為見證人做出見證，所有法律流程和文書交給我們就行，收費也不會很貴。」

律師見證遺囑也需要至少兩名律師，其中至少一名是執業律師，這些寧婉和傅崢正好都符合，完全可以接受這項委託。

王麗英又問了不少細節，傅崢和寧婉都一一耐心給予了解答，只是王麗英還是顯得有些不安和吞吞吐吐：「我兩個兒子都是沒良心的，現在我又得了這個惡病，往後雖然沒幾年日子了，但一輩子沒吃過好的用過好的，也想最後幾年好好過，我要是說把房子給了小陸，我這兩個兒子更不會管我死活了，雖然小陸是個善心人，可要是我真的把房子給了他，他也變了，覺得吃定這間房子了……那我怎麼辦……」

「我化療以後，身體就很差，到時候叫天天不應叫地地不靈的……」

雖然王麗英點到為止，但寧婉立刻就懂了：「所以妳之前死命拉著要和他結婚，也是存了這個心思？」

王麗英點了點頭，有些赧然：「我想著結婚了，法律上有了證，不是都規定夫妻之間得互相照顧嗎？登記了，我們就是親人了，我房子給小陸正常不過，小陸也得照顧我替我養老送終……」

她這麼一說，寧婉就都懂了。

死命拉著陸峰要結婚，一來是王麗英不懂法，被那些胡扯的電視劇荼毒了，二來也有自己的私心在裡面，她覺得結了婚，陸峰就對她有撫養義務，自己養老送終就有保障了，作為補償和回報，她死後房子也能給陸峰，在她看來，就覺得很公平。

「妳這種情況也很好處理，只需要簽訂個遺贈撫養協議就行了。」寧婉笑了笑，「就等於妳和陸峰簽個合約，陸峰得替妳養老送終，這樣之後才能拿到妳的錢和房子。」

「這……這協議是什麼意思？這國家法律保護嗎？作數嗎？」

王麗英顯然沒有完全理解，於是傅崢補充著又細細解釋了不少，用更平易近人的語言跟老人講解了一遍。

王麗英臉上漸漸從似懂非懂開始有些了然，傅崢也沒嫌棄，繼續耐心地解答了好幾個問題，直到王麗英完全搞明白了這個遺贈撫養協議。

她的眼睛果然全亮了，一個勁道：「這個好，這個好！法律真是好！還有這種規定！我想要的就是這個！」

「不過，剛才我就想說了，不管是訂遺囑進行遺贈還是簽訂遺贈撫養協議，王阿姨妳也得問問陸峰的意見，否則遺贈他可以不接受，遺贈撫養協議是個合約，就更需要雙方協定一致了。」

兩個人又和王麗英確認了不少細節，這才決定事情一件一件處理，先把名譽權糾紛這件事調解了，再叫上陸峰好好談談。

如此一遭，這案子終於有了眉目，再走出王麗英家，寧婉也總算鬆了口氣：「運氣還算好，猜對了！這樣陸峰就不用背負莫須有的罪名抬不起頭了。」

寧婉說得挺謙虛，但傅崢卻知道她並不全是猜的：「剛才那麼說，有幾成把握？」

寧婉愣了愣，既而有點欣賞傅崢的孺子可教：「大概八成把握吧。」

「你經手的社區案子還少，但社區裡每個居民其實法律知識都不太健全，很多人對法律的偏差性理解或者誤會可能會讓你嘆為觀止的。案子做得多了，有時候就能以他們的視角去想問題了，偶爾代入一下，辦理案子起來反而順利很多。」

寧婉想了想，回憶道：「我以前還遇到過當事人，覺得自己只要不知道某條法律，就不知者無罪的；還有覺得法不責眾的，大家一起犯法幹一件事，只要人夠多，法律就管不了。」

「所以基層普及法律其實還任重而道遠。」她笑笑，「也因為這，才需要社區律師吧，每個案子潛移默化去改變一些大眾的觀點，定期開辦普及法律講座掃盲，雖然錢不多事很繁瑣是真的，但真正能幫別人切實解決問題的時候，那種自豪也是真的。」

寧婉說著就看向了傅崢：「現在是不是覺得渾身輕鬆？很有成就感？」

寧婉也沒等傅崢回答，只是活動了下頸椎，猶自看向了天空：「我剛被派到這裡的時候，其實也怨天尤人過，也看不上這個工作過，覺得律師應該像電視劇裡那些光鮮的形象一樣，足夠菁英，只處理幾千萬幾個億目標額的案子，每天嘴上說的都是別人根本聽不懂的行話，郵件全是中英文雙語的，接觸的也都是企業高管或者行業尖端人物。」

「可後來我知道，這些電視劇的律師，雖然確實存在，但這些律師行業的金字塔頂端，也只服務人口裡百分之二十的上層，全國百分之七八十普通群眾的法律糾紛，確實非常缺好的基層律師，但基層律師太窮了，大部分優秀的人都不願意幹這個基層的活。」

寧婉看了傅崢一眼：「雖然我們現在處理的看起來真的是一點點雞毛蒜皮的小事，但關係的卻可能真的是別人的人生，所以這麼一想，是不是覺得自己在做的小案子也一下子偉大了？」

傅崢是個很高傲的人，即便留在社區，更多也是抱著不服輸的心態，但捫心自問，打從心裡，他並沒有多看得上基層律師，以往的經驗來說，基層充滿了畢業院校不夠優秀、履歷不夠好的法學畢業生，能力不行，但每天哀號懷才不遇。

寧婉這種經驗豐富思緒活躍辦案靈活，每天操著賣白粉的心拿著賣白菜的錢，不需要別人洗腦，還能自己給自己大灌雞湯，窮，且努力繼續窮著的，傅崢還真是第一次見。

有點新奇，也有點佩服。

在做了那麼多年商事後，傅崢一度覺得自己失去了對法律工作的熱情。

商事非訴領域對他而言不再充滿挑戰，按部就班，用過往的經驗完全能處理百分之八九十的問題，剩下的那百分之一二十，稍微動動腦也能搞定，這狀態其實非常穩定——有好的案源，有好的口碑，然而傅崢卻覺得隨著日子的推移越發提不起勁，好像完全感覺不到初次從業時法律的多變和美妙。

然而這些天跟著寧婉處理社區案件，他卻漸漸覺得，以往那種對工作的期待和熱情重新被點燃了，社區案件就好像一盒巧克力，你不知道下一顆會拿到什麼奇怪的口味，因為不到最後，你根本不知道案子會是什麼走向。

這樣想想，倒還挺刺激的。

他側頭看了寧婉一眼，因為沐浴在陽光下，她周身像是都在發光，加上無法否認的膚白貌美，確實稱得上耀眼，初見時傅崢為此也先入為主覺得她是個小心眼的花瓶，但這一刻望著寧婉的側臉，傅崢卻有些暈頭暈腦的想起來，自己正在裝潢的別墅裡確實缺個花瓶了，房子裡放點花挺好的……

寧婉回了辦公室，剛打電話給陸峰約了時間當面溝通，然後去了洗手間一趟，結果剛出洗手間門口，竟然被肖阿姨截住了。

「小寧啊，我可要多謝妳！」

肖阿姨一臉喜色，滿面春風的，一邊說，一邊從包裡掏出個 La Mer 的乳霜塞給了寧婉：「一點小意思，算給妳的謝禮了。」肖阿姨塞完 La Mer，探頭探腦道：「小傅回來了吧？」

寧婉有些茫然地點了點頭：「是啊，回來了，不過妳謝我什麼呢？送這麼貴重的東西？」

肖阿姨有些不好意思，她嬌嗔地拍了寧婉一把：「還不是謝妳把小傅這麼好的男人介紹給我嗎？」

「？？？」

肖阿姨卻沒感受到寧婉的情緒變化，逕自嬌羞道：「我啊，平時身邊也不是沒人追，但都不動心，現在見了小傅，才知道什麼是愛情的滋味。」她振聾發聵地宣布道：「我要追小傅。」

「？？？」

寧婉驚呆了：「什麼？妳當初不是嫌他老看不上嗎？」

肖阿姨卻有些懊悔：「這就是我的偏見了，謝謝妳啊小寧，要不是妳堅持，我差點錯過好男人。是小傅，讓我看到了三十歲男人的魅力！」

肖阿姨嬌羞地笑了下：「他呀，談吐學識眼界，各方面都真是太優秀了，我這輩子就沒見過這麼好的男人，長得還沒話說，之前他就陪了我一下，妳可不知道，我這幾個老姐妹啊，都羨慕死我了，有一個甚至想背著我偷偷問小傅的號碼呢！現在我已經和她絕交了！我們都十幾年姐妹了，沒想到在男人面前，女人的友誼就這麼不堪一擊！」

寧婉沒想到，傅崢這招蜂引蝶的，只是出去陪了人家沒多久，竟然還搞出了一段老年三角戀，害人家老姐妹反目……

肖阿姨控訴了一下姐妹的見色忘義，又把話題轉了回來：「小寧啊，總之，我是打算正式追求小傅，妳和小傅是同事，能幫我打聽打聽小傅喜歡吃什麼嗎？我以後準備每天送飯給他呢！還有，妳再問問他，他喜歡什麼顏色，我買點毛線織個毛衣給他……」

「……」寧婉覺得有些窒息，她委婉道：「肖姐姐，妳這……妳要不要先打聽下，傅崢吃不吃姐弟戀呢？有些男生是不太願意姐弟戀的呢，要是這樣，妳還追他，那肯定追不成，對妳不也是浪費精力和情緒嗎？」

只可惜肖美不為所動：「沈從文說了，『一生至少有一次，為了某個人而忘了自己，不求有結果，不求同行，不求曾經擁有，甚至不求你愛我，只求在我最美的年華裡遇見你』，小寧，妳還太年輕，不懂這種為了愛情不顧一切的感受，我感受到了，小傅就是我的某個人，絕對沒錯，不會再變了……」

寧婉沒忍住，打斷道：「徐志摩。」

「什麼？」

寧婉面無表情道：「這話是徐志摩說的，肖姐姐，他每次遇到下一任可能都這麼說，每一任都是對的人。要我跟妳講解一下他的情史嗎？」

肖美被打了臉，不想理寧婉，咳了咳：「這話誰說的不重要，重要的是，我之前也問過了，小傅是單身，那他未婚我喪偶，我們怎麼不能是天造地設的一對了？」

「……」

「他，我追定了！」

肖美丟下這枚重磅炸彈，又朝寧婉眨了眨眼：「等等中午我就來送飯給小傅，妳幫我和他說一聲，以後每天中午，都不見不散。」她說完，又把 La Mer 不容分說往寧婉手裡塞了塞，「這份小禮妳先收著，等我和小傅好事成了，妳就是媒人，我要包個大紅包給妳！」

「……」

寧婉手裡拿著 La Mer，邁著沉重的步伐走回了辦公室，辦公桌前，藍顏禍水傅崢還不明所以，正低著頭看著法律文獻。

寧婉實在不明白：「傅崢啊，你到底對肖阿姨做了什麼？我讓你去陪人家聊聊天，沒讓你假戲真做把人家搞得春心萌動啊！」

聽完寧婉對剛才路遇肖阿姨前因後果的敘述，傅崢也有些意外，隨即臉色就有些不自然和尷尬。

寧婉如今回想，才覺得此前肖美來分享王麗英的一手消息時，對傅崢態度就略微曖昧，當初自己沒在意，現在一想，可不都是蛛絲馬跡嗎？而此刻傅崢這神色，感覺很有問題啊……

肖阿姨之前對他這麼勉為其難，怎麼陪了一下就愛上了？再看傅崢這神情，肯定是使了什麼手段，才把向來冷傲的肖阿姨也迷得丟了三魂七魄。

傅崢抿著唇不說話，寧婉質問了挺久還是不肯說一句話。

「現在肖阿姨追定你了，你想好怎麼收場了嗎？你要是想解決這件事，就得告訴我你到底做了什麼……」寧婉語重心長道：「你這樣拒絕對話是沒用的，等等中午肖阿姨就要追上門了，你當初要是真的對人家有什麼暗示和勾搭的，趕緊回想下，澄清清楚才是。」

傅崢又倔強的沉默了片刻，終於不太自在地開了口：「我也沒做什麼，只是略微向她們展現了下我的人格魅力而已。」

「？？？」

傅崢清了清嗓子，眼神瞟向了遠方：「說什麼三十歲的男人就老了沒能力沒魅力，我只是憑自己的本事論證這一點是錯的，讓一些沒品味的人見識一下而已，並沒有蓄意對任何人拋出橄欖枝，只是……」

寧婉都氣笑了：「只是什麼？只是沒想到你魅力太盛，流水無情落花有意啊？」

傅崢抿了抿唇：「雖然妳這話像是在諷刺我，但事實確實是這樣，我也沒想到會有這個後遺症，畢竟我只展現了自己百分之十的實力而已……」

寧婉都快氣笑了：「你展現了百分之十的魅力就把人家肖阿姨迷得七葷八素你還挺驕傲是不是？那你怎麼不展現百分之百的魅力把全社區的老太太都迷暈了為你爭風吃醋啊？」

傅崢抿了抿唇，客觀地糾正道：「要是展現百分之百的魅力，我怕妳社區糾紛處理不過來。」

「什麼？」

「妳要聽實話嗎？」

寧婉點了點頭：「說。」

傅崢聲音淡然道：「離婚糾紛可能會增多。」

「？」

「有人可能會為了我想離婚的。」

「……」傅崢啊傅崢，你這麼行，怎麼不上天呢？留你在社區都是委屈你了……

結果傅崢還沒完，他意有所指地又看了寧婉一眼：「三十歲的男人，沒有妳想得那麼滯銷，還需要拚了命去推銷，有些產品，雖然不行銷，但口碑一旦出來，是勢不可擋的。」

「……」

都說女人愛攀比愛虛榮，寧婉覺得這話就是錯的，看看，男人攀比虛榮起來哪點比女人差了？問題是寧婉很想問問傅崢，這是爭強好勝的時候嗎？在案子工作上爭強好勝也就罷了，在三十歲老不老有沒有魅力上竟然還要爭強好勝？！結果呢，和公孔雀開屏似的炫耀，硬生生把人家肖阿姨撩出悸動少女心了！我看你怎麼善後！

傅崢當時不懂事也就算了，結果至今寧婉也沒覺得他認識到了自己的錯誤：「算了，我不管你了，你這麼行自己處理吧。」

傅崢顯然沒有意識到事情的嚴重性，他點了點頭，並沒當回事——

「沒事，要是肖阿姨有什麼表示，我會和她明確講清楚的，這種事很簡單，講明白就行了。」

傅崢是在當天中午才意識到大事不妙的。

本以為是開玩笑的肖阿姨竟然真的花枝招展端著餐盒出現了……

她竟然是認真的？！

「小傅啊，來，這是我順手做的菜，想著你之前陪我聊天也怪辛苦的，嘗嘗我的手藝？」

肖阿姨倒是個見好就收的，她放下了餐盒，也不多話，笑了笑，佯裝有事道：「哎喲，我們廣場舞社還有個會要開，我先走了，你先吃，吃完下午我來拿餐盒，順便帶點水果給你。」

說完這些，她就不容分說地丟下餐盒，逕自走了。

肖阿姨走了，傅崢只能盯著眼前的餐盒發呆。

只是傅崢不說話，寧婉卻說：「這還順手做的？肖阿姨在睜眼說瞎話上還真是個人才！」她嘖嘖有聲盯著這壯觀的餐盒繞了一圈，「七層！這餐盒有七層！」

傅崢抿著唇，寧婉卻是看好戲般慫恿他：「快，打開看看都有什麼啊，我還第一次見識七層餐盒呢！」

見傅崢沒動靜，寧婉索性動手幫忙了，她把餐盒一層一層在傅崢面前攤開來。

第一層是鮑魚、第二層是乳鴿、第三層是山藥炒蛋、第四層是韭菜、第五層是羊肉、第六層是黑木耳，最後一層才是米飯……

說實話，肖阿姨的手藝確實是不錯的，眼前一層層菜餚，色香味俱全，光聞著就讓人食指大動，不管如何，被人追求總是能讓人更加自我感覺良好。

可惜傅崢正忍不住為自己的魅力而驕傲，卻聽寧婉看向這菜色探頭探腦道——

「哎？鮑魚、乳鴿、山藥、韭菜、羊肉、黑木耳，這都是壯陽補腎的啊！」寧婉的聲音充滿了恍然大悟的幸災樂禍，「說來說去，肖阿姨再不肯承認，內心到底還是覺得三十有點老了，都得這麼補補了。」

她看向傅崢：「她到底還是有點介意你的年齡啊，你這人格魅力，好像也沒強到打消肖阿姨顧慮的地步啊？」

「……」傅崢瞬間自我感覺不良好了，看著眼前這麼多壯陽補腎的菜，聽著寧婉的打擊，恍惚間連他自己都覺得，三十真的是老了……

寧婉卻還要雪上加霜：「你快趁熱吃吧，雖然說三十歲在現代社會也算年輕，但怎麼也是奔四了，是該補補。」

傅崢抿了抿唇，覺得自己就是餓死，也不能吃這個飯，他哽著脖子，乾巴巴道：「我不餓。」

「不餓嗎？都十二點了？」

傅崢冷冷堅持道：「不餓。」

這怎麼能吃，吃了就是不行！男人，可以被批評業務能力不行，但絕對不能被批評那方面不行！

寧婉看向食材的眼神惋惜多了：「那你不吃，浪費多可惜啊！」

傅崢咬牙切齒道：「我不需要補，要補妳補。」

寧婉等的大概就是這句話，聽見傅崢這麼說，立刻拿起了筷子，就開始饕餮起來：「我補，我補，你不需要壯陽，我需要，我壯壯！」

「……」

為了破除三十不行的偏見，傅崢咬牙切齒愣是沒吃飯，但成年男人，到底需要能量，到了下午一點，傅崢就餓得快不行了，為了轉移注意力，他打了電話給陸峰。

對方最近臨時出差，因此王阿姨這件事後續還沒辦法當面聊，傅崢便在電話裡簡單解釋了來龍去脈，陸峰一聽不用再被逼婚了，鬆了一大口氣，也很通情達理，當即表示願意和解不再提起名譽侵權訴訟。

『不過房子的事是什麼情況？我聽不太清。』

陸峰大概在什麼交通工具上，訊號不太好，電話裡傅崢也沒辦法把事情全交代清楚，只和他另約了時間：「那等你出差回來後和王阿姨當面溝通下，也免得我們律師作為協力廠商轉告有什麼遺漏的地方。」

陸峰得知王麗英不會再揪著他號稱兩人戀愛要逼婚，已經鬆了一口氣，如此便安心下來，再三道謝後才掛了電話。

陸峰是高興了，可傅崢卻高興不起來，一旦手頭沒了正事忙，飢餓的感覺就更明顯了……

但都嘴硬說了不餓，那就是不餓，傅崢理了理情緒，繼續冷著臉坐著。他再看寧婉，平白吃了一頓大餐，倒是神清氣爽，完全不顧自己死活，見沒有諮詢電話，竟然哼著歌出了門。

傅崢正在心裡給她記上上班中途溜走的劣跡，寧婉就哼著歌回來了，然後她拋了袋東西給傅崢。

傅崢板著臉：「這什麼？」

「剛外面買的煎餅。」寧婉眨了眨眼，補充道：「沒有壯陽的東西，你快吃吧。」

傅崢皺了皺眉：「我怎麼不記得外面有哪家店賣煎餅的？」

「流動攤販買的啊。」

一聽這個，傅崢當下拒絕了：「那都是地溝油，而且都沒有衛生許可證，誰知道賣煎餅的小販有沒有洗過手，這個煎餅上有沒有大腸桿菌和金黃葡萄球菌？我不吃。」

只是傅崢這輩子沒餓過，沒料到飢餓的威力會這麼大。

半小時後，傅崢咬著煎餅，憤恨地覺得，這都是寧婉的詭計，明明自己還能忍著，就她多事，買個熱騰騰的煎餅放在自己面前，香氣撩人的，搞得自己更餓了，最終沒有忍住……

不過一個煎餅下肚，傅崢確實覺得好了不少，然而這感覺沒持續太久，因為五分鐘後，肖阿姨又來了。

這次，她除了如約帶來了飯後水果，竟然還捧著一束香水百合……

她見了都被風捲殘雲一空的餐盒，非常欣慰：「看來小傅你很喜歡，明天我再做給你！對了，這束花，是我剛才順手買的，百合的花語和諧音，我覺得特別吉利。」

肖阿姨抿唇嬌羞地笑了下，放下百合和水果，拿起餐盒，在傅崢拒絕前再次見好就收就走了。

傅崢覺得自己有點討厭香水百合的味道，直覺鼻子有點癢，皺著眉盯著花：「這花語和諧音是什麼？」

寧婉查了查手機：「偉大的愛？百年好合？」

「……」

寧婉盯著手機又翻了翻，才從螢幕上抬起了目光，只是不看不知道，一看嚇一跳，此刻站在自己眼前的傅崢，盯著香水百合，已經紅了眼眶，他一眨眼，那晶瑩的淚滴就從他的眼眶裡滾了出來，寧婉這才發現，他的鼻子微微發紅，像是努力抑制著什麼，微微吸了吸鼻子……

要命！肖阿姨這偉大的愛竟然把傅崢都感動哭了？！

自己怕不是真的陰差陽錯要成就了一段美滿忘年戀？？？

看來女追男隔層紗還真是誠不欺我啊！

寧婉心裡感慨的同時，不知怎麼也有點複雜的失落，早知道傅崢這麼好追，送個「偉大的愛」就能哭成這樣，自己就先下手為強了，畢竟肥水不落外人田，傅崢確實帥啊！寧婉一開始覺得這個等級的帥哥是不太好追的，結果沒想到這男人長得這麼人模人樣，這麼好騙到手？搞個花送個壯陽菜就行？？？

不過失落歸失落，寧婉還是深明大義地抽了張紙巾，遞給了傅崢：「擦擦吧，你放心，我會祝福你們的。」

結果傅崢明明流著眼淚，卻咬牙切齒惡狠狠地瞪著寧婉：「妳祝福我什麼？之前為了案子讓我去『陪聊』，難道現在又要讓我『和親』了？！」

寧婉有些犯嘀咕：「你不是都感動哭了嗎？我以為你接受肖阿姨了……」

結果這話下去，傅崢表情看起來都快氣到當場去世了：「我是過敏！過敏！這個『偉大的愛』，讓我過敏！妳快把花拿開！」

而像是要驗證他話的真實性一樣，傅崢剛說完，就開始瘋狂打起噴嚏來……

肖阿姨的愛有多偉大傅崢不知道，他知道的是，沒幾分鐘後，他剛才只是發癢的鼻子開始不好了，想要打噴嚏，眼睛也變得不正常，像是水龍頭一樣自動開始流出眼淚，也是這時，傅崢才發現自己竟然對百合過敏。

好在寧婉很快把花弄遠了，傅崢的症狀才慢慢減輕。

只是肖阿姨和她「偉大的愛」走了，傅崢的心情卻平靜不了，看肖阿姨這個架勢，他開始覺得事情有些大條了。

「寧婉，我這也算為事業獻身吧？」傅崢咳了咳，不自然道：「現在出了事，妳是不是要幫我善後下？」

寧婉看著傅崢就笑了：「你剛不是挺硬氣的要自己解決？我讓你中規中矩陪肖阿姨聊天就行了，沒讓你這麼超常發揮啊。」

寧婉還想批判，結果一抬頭，撞上了傅崢可憐兮兮的眼神，他一掃之前的冷傲，流露出了受傷的模樣，像隻大型棄犬似的看向寧婉：「妳會幫我的是不是？像妳這麼正義的人不會看著我為這種事困擾吧？」

寧婉一下子凶不出來了，傅崢一這樣示弱，她就有點沒辦法狠心，只能移開目光，佯裝自然地咳了咳：「行吧，誰叫我是你的帶教律師呢，但你以後給我悠著點，我的話你要聽，知道嗎？」

傅崢乖巧地點了點頭。

事不宜遲，既然接了這個活，寧婉也不想拖延，當即拿著La Mer就把肖阿姨約到了附近一家咖啡館。

她本來計畫以坦白真誠的原則打動肖阿姨，讓她打消追求傅崢的念頭，再退還貴重的La Mer，然而寧婉口乾舌燥地說了半個小時，肖阿姨還是巋然不動。

「不行，我又沒傷天害理，追求自己的愛情還違法嗎？」肖阿姨越說越委屈，「難道我年紀大了，就不配享受一個女人的權利嗎？我就是欣賞他，我就想讓小傅出現在我家戶口名簿上，人有多大膽，地有多大產，夢不去做的話，怎麼知道不能實現呢？」

「……」

都說廣場舞是個刀光劍影的江湖，能成為廣場舞領舞的，放在古代武俠世界裡那至少是個門派的掌門人，實力都不是蓋的，寧婉口乾舌燥，卻沒想到完全說服不了肖阿姨別為愛痴狂……

好在寧婉早有準備，她抿了抿唇，一臉高深地看向了肖阿姨：「肖姐姐，有些話也不能說得太明白，不知道妳聽過一句話嗎？有些人，性別不同，不能談戀愛啊。」

肖阿姨皺了皺眉：「這什麼意思？」

寧婉也不回答，只看了肖阿姨一眼：「肖姐姐，我上次聽說妳有個二十二歲的兒子？」

肖阿姨不明所以：「是啊，怎麼了？不過沒關係，我兒子不會干涉我的第二春，鼓勵我找男朋友呢。」

「哦，那挺好啊，說明小夥子思想挺包容的，妳看如果妳這麼欣賞傅崢，死也要把他的名字放進你們家戶口名簿，不如換一個想法，要不然把妳兒子介紹給傅崢認識一下？畢竟這小夥子不是接受度挺高的？」寧婉含蓄地笑了笑，「雖然國內是上不了戶口名簿，但國外很多地方都合法了……」

肖阿姨一開始有些跟不上節奏，但很快，越聽，臉色就越發不好了，她壓低了聲音，看向寧婉：「妳是說小傅他……」

寧婉一臉沉痛地點了點頭：「是啊肖姐姐，傅崢他……總之，還請妳多保密，也……節哀順變。」

肖阿姨沉默了，肖阿姨流淚了，肖阿姨的第二春剛開始就灰飛煙滅了……

她同樣沉痛地嘆了口氣：「沒事，小傅在我眼裡還是很優秀的，我不會歧視他，我一定會為他保密的……」

這悲傷的氣氛，聽起來像是傅崢都駕鶴西歸下一步該燒紙給他了……

肖阿姨悲痛欲絕：「縱然緣深奈何情淺，沒想到我……我竟只有和小傅當姐妹的福分……」

嗯……

不過不管怎樣，雖然手段有些非常規，寧婉總算是不辱使命，把肖阿姨的情絲斬斷了。

傅崢在辦公室裡等了一兩個小時，終於等到了寧婉回來。

「搞定！」她朝傅崢比了個OK的手勢，看了眼時間，「欸，都快下班了，走吧，今晚去我家吃，包飯業務正式開始！」

只可惜對於她的熱情，傅崢內心是拒絕的：「包飯就算了。」他看了寧婉一眼，鎮定道：「我最近手頭不緊了，有了筆閒錢，就不用麻煩妳了。」

「可你家裡不是還欠著外債嗎？不麻煩的，來我這吃好了，蒼蠅再小也是肉，能存下幾百塊也是錢啊！」

傅崢這一刻只怪自己以前造人設用力過度，如今為了婉拒吃一年寧婉做的飯，他只能努力求生道：「家裡之前的企業突然有點起色，正好把外債還清了，還多剩下些錢，都快夠買房買車了，所以也沒那麼缺錢了。」

他朝寧婉笑了笑，擺出了堅強的表情：「妳也知道，男人就該有擔當，我現在也沒有那麼困難，不應該再接受妳的好意了，這世界上比我困難的人多了去了。」

「那你今晚去哪裡吃飯啊？」

傅崢抿唇笑了笑：「妳放心，我昨晚自己做了幾樣清淡的小菜，回家熱一下就可以，物美價廉，又比在外面吃乾淨，窮人的孩子早當家，我也早就學會照顧自己了，不用擔心。」

這番說辭，才終於打消了寧婉的熱情邀約。

寧婉確實挺好騙，總之最終，她不僅相信了傅崢的說辭，甚至還對他自強不息的作風非常感動，又鼓勵了他兩句，才與他告辭。

傅崢母親自手術成功術後恢復良好後，就一直在外旅遊，以至於等傅崢落地容市，自己母親遠在海外遊山玩水，除了高遠替自己接風洗塵外，其餘幾個親戚又都在世界各地度假，沒一個有空歡迎他的。

因為他母親走得急，甚至連家裡鑰匙都沒留給他，其餘幾間房子不是沒裝潢就是閒置著根本沒必要的生活用品，傅崢因此暫時找了個飯店落腳，這一住就是好久，好在今晚他媽晚上航班落地容市，傅崢也總算能告別飯店生活。

而他今晚其實約了人。

他的表妹周瑩瑩終於從北海道滑雪回來了，在去機場接自己的母親之前，傅崢和她約好一起吃個飯。

地點定在一家小眾的西餐廳，老闆是米其林三星主廚，雖然價格昂貴，但餐廳環境優雅，賓客不多。

傅崢到得比周瑩瑩早，便先坐下來翻看菜單，並沒有在意周邊，因此完全不知道自己的身影，已經落入了有心人的眼裡——

寧婉正站在這家高級小眾餐廳的玻璃門外，瞪著眼睛死死地看著他。

第七章　威嚴這種東西

和傅崢分開後，寧婉本來是打算回家的，結果途中接到了學弟陳爍的電話，說有個案子想請教請教她，他今天剛出差回來，想約寧婉吃個飯順帶討教。

寧婉想了想，上次和陳爍吃的那頓飯因為傅崢這個程咬金最後也沒盡興，擇日不如撞日，便也答應了下來。

陳爍也挺爽快，在電話裡笑起來：『好，我訂好餐廳了，地址我傳給妳，等等見。』

兩人約了七點，然而寧婉沒什麼事，提前半小時就到了，陳爍今晚約的地方是容市的高級商圈，而寧婉正準備往約好的餐廳走時，卻突然接到了陳爍的電話。

『學姐，不好意思，團隊臨時有個會，可能會遲到個半小時，妳先點菜吃，我盡快趕過去。』

陳爍的聲音充滿抱歉，寧婉倒是不怎麼在意，安慰了他兩句就掛了電話。

只是因為還不太餓，寧婉也沒準備先進餐廳點菜，既然時間充足，又難得來這片商圈，不如逛逛，於是也漫無目的地走著。

這是容市最繁華的地段，寸土寸金，高級商店林立，有幾家女裝精品店，寧婉本來進去隨便轉轉，但一見到標價，自覺消費不起，趕緊退出來了，她看了眼時間，決定往陳爍訂好的餐廳去，結果正準備走，不經意一抬頭，卻看到了傅崢。

這人此刻正坐在一家看起來就很貴的餐廳裡，透過落地玻璃窗，寧婉甚至能看清他微微皺眉的弧度。

寧婉生怕自己認錯，掏出手機打了通電話給傅崢，而同步的，昂貴餐廳裡坐著的人也接起了手機……

是傅崢沒跑了。

寧婉想想此前這傢伙一臉堅強竭力婉拒自己的邀請，號稱自己要回家吃清粥小菜窮人孩子早當家時的模樣，簡直是氣不打一處來。

她掏心掏肺把傅崢當成了自己人對待，盡想著幫他省錢謀福利，結果傅崢倒好，剛得到一小筆錢就忘了本，嘴上說著要努力存款買車買房，結果轉頭就跑來這麼貴的餐廳揮霍！果然一日資本主義，終身資本主義，以前有錢過的人，就是沒辦法養成良好的消費觀！

寧婉覺得自己受到了欺騙，一邊生氣，一邊又覺得不能看著傅崢墮落，她深吸了一口氣，走進了餐廳，站到了傅崢桌前，板著臉，拉開了傅崢對面的座位坐了下來。

傅崢本來在看菜單，聽見對面椅子拉開的聲音，頭也沒抬，以為是周瑩瑩到了，等寧婉的聲音響起，他才有了正做著好夢卻被人當頭一棒的實感……

寧婉黑著臉，聲音也陰測測的：「不是回家省吃儉用了嗎？」

「……」

而還嫌翻車不夠似的，也是這時，周瑩瑩推開門，周身珠光寶氣，往傅崢這裡走了過來……

傅崢一瞬間有了種天要亡我的預感……

他拚了命地給自己的表妹眼神暗示，然而周瑩瑩大概沒戴隱形眼鏡，視力不太好，見了傅崢，就一臉欣喜快步走了過來，她走到桌前，見傅崢對面已經坐了個人，愣了一下，剛要開頭，對方倒是抬頭看向了她。

一瞬間，同為女性，周瑩瑩立刻有了種危機感和競爭意識。

這女的！雖然周身沒什麼值錢的裝飾，但這臉，周瑩瑩只覺得棋逢對手，勁敵中的勁敵！她在對方的目光裡下意識挺直了腰桿，把頭昂得更高了。

這絕對不能輸！長得沒她好，氣勢上比她強也行！

一時間，周瑩瑩的腦海裡混雜著嫉妒和不解，坐在自己表哥傅崢對面的這女生是誰？

結果自己還沒開口，對面那女生倒是開了口：「這誰？你約的？」

對方皺著眉，臉上難掩的不悅，看向了自己表哥，語氣也很興師問罪。

周瑩瑩在心裡嘆了口氣，瞬間就卸下了戒備，反而在內心同情起這女生，長得是挺漂亮，可惜沒什麼情商，腦子不太靈光。

自己這位表哥，各方面都挺好，唯獨脾氣不怎樣，長得再漂亮，用這種語氣和他講話，就算現在是在熱戀或是曖昧，下一秒也得出局，沒得商量。

周瑩瑩也不開口，就站著，看戲似的等著傅崢擺出冷臉讓對方認清自己的位置。

只是……事情的發展好像有點不太正常。

自己那位脾氣奇差的表哥，不僅沒有冷臉訓斥，竟然還挺平靜地回答了這個問題——

「不知道，不認識，我沒約人。」

周瑩瑩：「？？？」

他像完全不認識般陌生冷淡地看了周瑩瑩一眼，然後回頭又看向了自己對面，鎮定自若道：「可能是個路過的想要問什麼問題吧。」

說完，他再次抬頭看向了周瑩瑩：「妳是有什麼問題要問，對吧？」

「……」

周瑩瑩有很多問題要問，但是她知道，如果現在問，迎接她的將是滅亡。傅崢雖然語氣溫和，但眼神裡已經帶了死亡威脅……

周瑩瑩在自己表哥殺意騰騰的眼神裡磕磕巴巴道：「我……我想問下你們知道這家店裡的 Wi-Fi 密碼？」

「不知道。」傅崢言簡意賅回完，給出了「妳可以消失了」的眼神暗示。

只是雖然怕死，但這種機會千載難逢，周瑩瑩決計不願意走，冒著槍林彈火的危險，她轉身拉開了傅崢旁邊一張空桌的餐椅，大剌剌地坐了下來：「啊，那沒事，密碼我等等問服務生。」

周瑩瑩朝著對面笑了笑，然後假意看起手機，兩隻耳朵卻完全豎起來在聽隔壁桌的聲音，手也立刻點開家庭聊天群組：『震驚號外！表哥……』

只是她還沒打完字，隔壁桌傳來的聲音就把她震驚得手機都嚇掉了——

「傅崢，我對你太失望了！人對待錢要有底線，要有正確的消費觀，你不能財務問題剛有點轉機，結果就想著來揮霍，不是說好了存錢買房買車嗎？結果呢？結果背著我跑到這裡來一擲千金！」

對面那女生竟然一本正經開始訓起自己的表哥了！

而傅崢黑著臉，竟然一句反駁的話也沒說，只死死抿著唇低著頭。

那女生喝了口水，像是越說越氣：「你可能要辯解只是今天吃一頓這樣的飯，以後不這樣就好了，可物欲是個無底洞，由奢入儉難，等你把手頭的錢花完了，你怎麼辦？那時候高遠要是再對你提出特殊要求，你會不會為了繼續享受，就從了？！就出賣自己的肉體了？！」

「虧我還覺得你人不錯，結果真是瞎了眼，而且你就算要揮霍，怎麼可以一個人躲起來吃獨食，你媽呢？你對得起你媽嗎？一把屎一把尿把你拉扯大，享受的時候只顧著自己，連自己媽都拋棄了！這符合社會正義價值觀嗎？！啊？！」

「我真是想不通，我都這麼挽救你了，你怎麼還是失足了？！」

「……」

其實這女生聲音並不響，顯然顧及表哥臉面還刻意壓低了，但奈何周瑩瑩聽力太好，她之前又做過聾啞兒童的公益活動，學了點唇語，如此連蒙帶猜，只覺得越聽越驚心動魄。

傅崢堂堂傅家一霸，如今竟然淪落到被耳提面命訓得連個屁也沒敢放！

這女的到底何方神聖？什麼來歷？而且這罵的都是什麼跟什麼啊？

周瑩瑩撿起了手機，在爆棚的八卦心理飛快點開家庭群組——

『傅崢表哥被人罵了！』

幾個表弟表妹立刻探出了頭——

『所以？』

『表哥罵人很正常。』

『是啊，請問在座的兄弟姊妹誰家庭聚會沒被他罵過的？』

『這次表哥罵的是誰啊？罵哭了嗎？』

「……」

周瑩瑩恨不得吶喊：『睜大你們的狗眼！是傅崢被人罵了！不是他罵人！』

為了防止群組裡的各位不信，周瑩瑩傳完，調整了下坐姿，假意在自拍，實際開始直播起來。

傅崢被罵，千載難逢，錯過這一波，再等二十年！

寧婉把傅崢當場抓獲後，本著懲戒為輔教育為主的理念，苦口婆心說了不少，傅崢雖然臉色難看，但至少抿緊了嘴唇沒有回嘴，只是這眼神不知道為什麼，老是瞟向自己的隔壁桌，表情不自然，猶如便祕，而且每看旁邊一眼，臉就黑上一分。

寧婉皺著眉，循著傅崢的視線看過去，對面那女孩看起來非富即貴，穿著昂貴的高級品牌，正舉著手機自拍的模樣。

寧婉沒忍住：「傅崢，我在和你說話呢，你看別人幹什麼？」都這個時候了，毫無羞恥心就算了，還想著在隔壁桌白富美面前丟面子了覺得介意？而且對方還沒自己好看！有時間看她，怎麼不看看自己呢！

寧婉揉了揉眉心，不太開心但也不想再糾纏：「算了，虛榮心人人都有，這次就算了，但你真的不能這麼鋪張浪費了，你還沒點菜吧？」

傅崢大概還是很在意隔壁桌的美女，瞟了對方一眼，朝對方非常刻意地咳了咳，才有些心不在焉回答寧婉道：「還沒。」

欣賞美的東西是人之常情，多看美女兩眼也正常，但事情到傅崢身上，寧婉就莫名覺得特別不開心了。

好在還沒點菜的答案讓她先鬆了口氣：「還沒就好！這飯你也別吃了，我們走，今晚我請你，吃別的。」

寧婉心裡做了決定，今晚和學弟的這頓飯，她帶傅崢一起去，最後由她請就是了，反正都是同個所裡的，帶傅崢認識認識陳爍也挺好，未來他有什麼不懂的，還能請教陳爍呢。

「這樣，等等你先走，假裝接電話訊號不好然後到門外去，我呢，再過個十分鐘也如法炮製溜出去，這樣也不尷尬，就能輕鬆地離開餐廳了……」

可惜寧婉沒想到，自己這個兩全其美的提議，竟然遭到了傅崢的堅決拒絕：「都進來了，連菜也不點，直接溜走，實在太猥瑣了，完全不像個正常男人能做的事。」

傅崢看了寧婉一眼，抿了抿唇，表示了自己的誓死不從：「萬一以後再來這家店被人家想起來，臉都丟盡了，我做不到。」

寧婉都快氣笑了：「你還想著以後再來這家店揮霍啊？！不來不就行了嗎！而且你以為你是什麼名人啊，還想著別人能記得你呢？都想什麼呢？」

只是傅崢抿緊嘴唇，一言不發，以行動表示了不合作。

他這麼大個人，不配合，寧婉也不能把他拖走：「你今天一定要在這裡吃了是不是？」

傅崢用無言默認了答案。

「行吧，你要這樣，我也沒辦法，那好吧，我來點菜。」寧婉沒辦法，逕自抽走了傅崢手裡的菜單。

結果不看不要緊，一看嚇一跳。

「這什麼黑店啊？！」

隨便一個主菜竟然都上千？！連個蘑菇奶油濃湯都要一百？！搶錢嗎？！

寧婉看著價格，簡直驚呆了：「傅崢，你真是不選對的只選貴的啊！」

「……」傅崢掙扎道：「貴也有貴的道理，味道確實不同。」

「你吃過？」

傅崢看起來有些不甘心，很想回答吃過的樣子，但最終好在他還算誠實，內心的良知讓他選擇了閉嘴。

菜單沒什麼好選的，很快，寧婉就叫來了服務生開始點菜：「一個鮭魚沙拉。」

服務生笑著記下，見寧婉不繼續，禮貌地問道：「客人沙拉選好了的話，開胃菜、湯品、主菜和甜點都想點哪些呢？」

寧婉笑了笑：「不用了，就點一個沙拉就可以了。」

「……」服務生愣了愣，看向了傅崢，眼神詢問道：「就一個沙拉？」

寧婉心裡不太滿意，看傅崢幹什麼，點菜的不是自己嗎？這服務生怎麼回事，兩個人吃飯就一定是男人做決定嗎？看傅崢看得都像是認識他似的……

寧婉不太高興地重複道：「就一個沙拉。」

可惜服務生顯然不是個懂事的，寧婉都那麼強調了，她還是看向了傅崢再三確認：「您確定嗎？」

寧婉也看向了傅崢，瞪著他，傅崢顯然還賊心不死，死死咬著嘴唇不說話，寧婉在桌下踢了他一腳，他才終於悲痛欲絕心如死灰般點了點頭。那樣子，壯烈得宛若當眾被人凌辱了恨不得要尋死明志似的。

好在服務生見傅崢也點了頭，終於不再糾纏，收起菜單走了。

等了挺久，服務生過來上了餐前現烤麵包，然後上了沙拉。

寧婉看著一丁點的沙拉，簡直嘆為觀止：「這破沙拉，不就一盆草嗎？這麼貴！要兩百！才這麼點？！」

傅崢揉了揉眉心，像是忍不住般解釋道：「這鮭魚是空運最新鮮的材料醃製的，配上西柚、藜麥、西洋葵、水培生菜、羽衣甘藍和手工自製的希臘優格，不是一盆草，這個口感才收兩百還算便宜的……」

寧婉臉上露出了極大的不認同：「你看看你，都被這些行銷洗腦了，而且還西洋葵呢！你知道西洋葵別名叫什麼嗎？人家叫辣根！辣根！」

「……」

寧婉嫌棄地看了沙拉一眼：「你吃吧，這破草我不要吃。」

「一盆沙拉肯定吃不飽，既然都點了，就再點些。」

只是傅崢剛準備叫服務生，寧婉就制止了他，她指了指眼前的餐前麵包：「怎麼不夠吃？吃這個啊，這個麵包多墊肚子，還是免費的，吃完了不夠再跟人家要就是了，趕緊的，把你那辣根吃了，這地方太貴了，結完帳我帶你去ＣＰ值高點的地方再吃第二攤。」

傅崢顯然不死心，他又努力了幾次，可惜寧婉下定了決心，油鹽不進，最終什麼都沒再點。

不過不得不誇獎一下，或許是心理作用使然，寧婉坐在這麼貴的餐廳裡，手裡的免費餐包好像也顯得比別家的更好吃點？吃完了一盆，她又跟服務生要了第二盆，而這過程裡，傅崢看起來不自在到恨不得躲到桌子下面去……

在隔壁桌周瑩瑩探照燈一樣的目光裡，傅崢硬著頭皮，神情麻木地吃著沙拉，深切地開始反省和後悔。

一個沙拉兩盆餐前麵包後，傅崢用最大程度的面無表情來武裝自己羞憤致死的內心，頂著幾個相熟服務生不解的眼神，掏出了錢買單。

人均兩千的餐廳，而傅崢一看自己的帳單——

很好，兩百，竟然生生少了一個零。

早知今日何必當初，要是知道自己會淪落到如今的模樣，傅崢覺得剛才還不如乖乖聽寧婉的話走了……

而最讓他難以忍受的是表妹周瑩瑩幸災樂禍的目光，礙於人設，他無法發作，只能給了周瑩瑩警告的一眼。

可惜大概他出國多年未歸，當初的積威已經不在，周瑩瑩竟然肆無忌憚在群組裡直播。趁著寧婉接到那什麼學弟的電話時，傅崢掏出手機一看，差點沒當場氣到升天。

『天啊！這個女生真的猛！狠人！』

『表哥平時不是挺橫嗎？結果在她面前怎麼膽小得和個狗熊似的？』

『跪求介紹這個人才！』

『這個女生挺漂亮的啊，不過你們聽聽，人家說的那話，好像不太清楚我們表哥家裡的情況？以為他很窮似的？表哥不是去騙財騙色了吧？詐騙是犯罪吧？』

『表哥可能愛上了 cosplay 角色扮演，覺得很有情趣？畢竟表哥這種人，平時太壓抑，有些奇奇怪怪的愛好很正常。』

『你們別說，表哥怕不是個抖M吧？平時我們家裡沒人虐他以至於他其實一直沒有找到自我，如今找到了屬於自己的S，才真正放飛了靈魂。』

『那我們給表哥點愛，以後齊心協力羞辱他，作踐他，毆打他。』

傅崢：「……」

『哈哈哈哈哈哈哈哈哈，傅崢表哥被罵得好慘啊！！！』

『辣根！！看傅崢表哥聽到辣根整個臉都扭曲了！！！』

『表哥哭了，表哥受傷了，表哥認輸了，表哥敗了……』

『傅崢表哥以後還有臉去這家店嗎？應該不會了吧哈哈哈哈哈哈，下次我們約家庭聚會就去這家店吧？讓表哥溫故而知新，不要忘記過去美好的回憶啊！』

「……」

這個群組是傅崢這輩小輩建的容市吃喝玩樂群，起初傅崢並不在裡面，也是回國後才被一個表弟拉進來的，進群組後從來沒發言過，以至於如今群組裡眾位大概都沒反應過來傅崢本人也在群組裡，還在肆無忌憚地哈哈哈哈。

而傅崢板著臉往下拉，才發現自己這群表弟妹們在嘲笑了自己幾百則訊息後，竟然還不怕死地把周瑩瑩直播的畫面截圖加工後做成了貼圖。

呵呵。

傅崢冷笑著打了一行字——

『提醒你們一下，我也在這個群組裡。』

自己這句話一出，群組裡果真立刻閉麥消停。傅崢扯了扯嘴角，剛準備繼續在群組裡恐嚇，狗膽包天的周瑩瑩竟然還冒頭了——

『你馬上就不在了。』

這句話剛傳出，還沒等傅崢反應過來，一則訊息就跳了出來，傅崢低頭一看——

『您已被群主踢出群組。』

好，太好了，好極了。

傅崢覺得自己的人生真是達到了巔峰。

寧婉接完陳爍的電話回來，就見傅崢站在餐廳門口黑著臉皺著眉死死盯著手機螢幕正全神貫注地看著什麼，直到自己走近，傅崢才有所覺察般有些不自然地立刻把手機螢幕關上了。

只是寧婉眼尖，剛才隨便那麼一瞥，就已經看到了他螢幕上的內容：「『如何重建威嚴』？」寧婉有些不解，「你看這幹什麼？」

傅崢的臉色更不自然了，他咳了咳，移開了視線，頗為不經意般道：「哦，就隨便看的，有個朋友遇到點事，可能需要重建下威嚴，讓我給他建議，我就隨手查查。」

「這樣啊。」寧婉理解地點了點頭，「不過威嚴這東西，一旦失去，就找不回來了，就像是下海拍片，脫下的衣服，再也穿不起來了……」

自己不過是隨口說了兩句，結果傅崢聽完，竟然整張臉都黑了，看起來這朋友大約和他關係挺鐵，因此如今一聽自己的話，就痛朋友所痛起來。

寧婉這麼一想，就忍不住安慰傅崢幾句：「也沒事啦，你看那些下海拍片的，最後索性也就當豔星了，只要在他們國家合法，其實也沒什麼，生活也很滋潤是不是？威嚴沒有了也不一定是壞事啊，那讓你朋友走走親民路線唄。」

明明是朋友的事，但傅崢卻特別上心和固執，他看向寧婉：「威嚴肯定可以重建。」他抿了抿唇，像是說服自己般地辯解道：「不是有句話說了嗎？就算以前因為生活所迫被逼下海拍片，只要自己努力，那些脫掉的衣服，自己都能一件一件穿回來。」

「傅崢，沒想到你竟然會信行銷號雞湯文。」寧婉沒忍住哈哈哈笑起來，「口碑和標籤這種東西，一旦打上了，真的很難摘掉的，就等於你有一個黑歷史，除非別人都失憶了或者知道的都死了，否則總要時不時挖出來嘲一下的，脫掉的衣服一件件穿回來，那也是為了讓你下一次再脫啊！」

「……」

明明只是個比喻，但不知道為什麼，傅崢的臉色一下子變得更差了，似乎連精神都遭到了打擊，整個人看起來竟然有一種風燭殘年的搖搖欲墜感，那模樣，要不是寧婉知道實情，還以為是他本人被人按頭去下海拍片了呢。

「行了行了，別想你朋友的事了，你是不是沒吃飽？走吧，帶你吃別的。」寧婉看了看時間，「我學弟馬上也到了，走走走。」

等寧婉拉著傅崢趕到餐廳的時候，陳爍已經在了，他一見到寧婉，就笑起來，只是等看到了她身邊的傅崢，表情頓了頓：「這是？」

寧婉立刻笑著做了介紹：「這個就是我剛才電話裡和你說的想帶來一起吃飯的朋友。」

寧婉說完，拍了傅崢一下，眼神示意他自我介紹。

也不知道怎麼的，從剛才開始，傅崢就有點心不在焉魂不守舍的模樣。

好在自己這麼一拍，傅崢終於回過神來，他伸出手，對陳爍道：「你好，我是傅崢。」

那模樣一板一眼的像在進行什麼高級商務活動。

寧婉有些無語：「搞這麼正規幹什麼？陳爍是我學弟，熟人，你不用裝了。」說完，她看向陳爍，介紹道：「傅崢就是之前頂替你來社區的那個實習律師，以後也是同一個所的同事，大家提前認識下也好。」

陳爍也向傅崢做了簡單的自我介紹，三個人落座後就點起菜，傅崢正好有個電話，便離席出去接聽，於是桌上就剩下了寧婉和陳爍兩人。

陳爍一邊點菜一邊詢問寧婉的意見：「秋刀魚要嗎？這家秋刀魚不錯的，秋葵可以嗎……」

寧婉幾乎沒有多想打斷了他：「要一個鮭魚吧。」

陳爍愣了愣：「我記得妳不喜歡吃鮭魚。」

「魚我都不太喜歡吃，不過傅崢好像喜歡吃鮭魚，幫他點一個吧。」

寧婉這話說得自然，一點沒意識到有什麼問題，然而聽在陳爍耳朵裡就不是這麼回事了。

寧婉和自己說要帶個朋友一起的時候陳爍下意識覺得是個什麼女性朋友，見到傅崢第一眼他就心裡不舒服。

就像是同一片領地內不能有兩個強壯的雄性動物一樣，陳爍天然的不喜歡傅崢，雖然寧婉介紹他只是個實習律師，還正被寧婉帶教著，但陳爍無端在他身上嗅到了上位者的傲慢氣息，讓他下意識有一種被挑釁的競爭感。

而明明自己才是和寧婉認識更久的一個，寧婉對待傅崢的態度卻更熟稔，寧婉對他的眼神和肢體動作都很隨意，完全沒有距離感。

陳爍心裡不是滋味，他抬頭，看向寧婉，用開玩笑的口吻道：「學姐妳都知道人家喜歡吃鮭魚了？那妳知道我喜歡吃什麼嗎？」

寧婉果然愣了愣。

陳爍內心嘆了口氣，笑了笑：「我開玩笑的。」他翻著菜單，自己轉移了話題，「學姐之前不是挺排斥頂替我來的人嗎？怎麼現在感覺關係相處得還不錯？」

「傅崢啊。」寧婉果然笑起來，語氣放鬆，「他也不是什麼空降兵，不是關係戶，是我之前誤會了，其實他人不錯，就是有時候有點愛裝，不過也可以理解，因為他年紀比我們大，但完全沒有工作經驗。年齡大點的人嘛，面子上肯定容易端著，大概覺得三十了還是個菜鳥不太好意思吧，你知道就行，別戳破，也別介意就行，他人挺可靠，工作也挺認真。」

陳爍皺著眉聽著寧婉為傅崢辯解說好話，只覺得心裡黑雲壓城一樣，這個傅崢也沒去多久，怎麼都讓寧婉這麼維護了？

寧婉並沒有意識到陳爍情緒變化，沒多久，傅崢從外面回到了桌前，她又把菜單遞給傅崢：「你看看要再加點什麼嗎？想吃什麼點就好了。」

不是寧婉多心，傅崢從剛才離開那高級餐廳後，臉色就一直陰晴不定，都不是一般的黑著臉了，彷彿受了什麼巨大的打擊，人生觀都被生活重錘到破碎，以至於如今臉上都顯露出了自暴自棄的恍惚……

這模樣，沒來由的讓寧婉有些不好受，她反省了下，覺得傅崢這樣子，自己八成脫不了關係，是自己剛才在餐廳訓他訓得太狠了吧？雖然恨鐵不成鋼，但用詞是不是太激烈了？傅崢畢竟都三十了，被一個比自己小的女生劈頭蓋臉批評成這樣，大概男性自尊受到了重創……

寧婉越是回憶，越是覺得自己不對，想了想也是，傅崢又不是自己，自己內心是鐵漢，還不容許人家是朵嬌花嗎？雖然家道中落，但傅崢此前一直沒有工作過，沒遭受過社會的毒打，內心比較嬌弱也不是不能理解，自己之前一頓猛如虎的操作，實在有點不夠憐惜他了……

這麼一想，寧婉就有些坐立不安了，她不斷瞟向傅崢，果不其然，等菜上了，剛才明明沒吃飽的傅崢還是興趣缺缺，兩隻眼睛都有些空洞，臉上還是一派心如死灰的慘澹模樣，席間寧婉和陳爍聊天，他也是一臉神遊的狀態……

「傅崢，你嘗嘗這個雞翅，很好吃的。」

「這個日本豆腐也要趁熱吃！」

「要加點茶碗蒸嗎？」

結果不論寧婉多關懷備至，傅崢神情都有些慘澹，抿著唇角，整個人沉默地坐著。

本來自己想讓傅崢認識認識陳爍，畢竟陳爍在所裡跟的團隊不錯，為人也可靠，以後說不定能帶帶傅崢，但傅崢這傢伙也不知道怎麼的，被自己說了兩句就完全痛不欲生了。一頓飯，都沒主動和陳爍聊，寧婉有點無奈，決定不去管他，起身去了廁所。

她一走，陳爍倒是看了傅崢一眼開了口：「傅崢是吧，聽寧婉說你之前都沒工作經驗？」

陳爍微微笑了下，清了清嗓子：「那是你怎麼想到三十歲來從事法律工作的呢？要知道，三十歲才開始在這行業裡鑽研，起步確實會比別人落後，雖然學習不怕晚，但不太容易在律師行業做到頂尖了。」

傅崢今天受到的暴擊實在太多，以至於一開始確實相當渾渾噩噩，他的腦海裡完全縈繞著寧婉的「衣服一旦脫了就再也穿不回來」魔咒，恍惚間甚至都覺得自己能同理被逼無奈下海的ＡＶ男優了……

他對寧婉介紹給他的學弟沒什麼興趣，但沒想到對方對自己倒是挺有興趣。

只是這個問題，問得就不太客氣了。

明著聽起來像是替自己擔憂，但是對方的眼神和語氣，傅崢都嗅到了努力抑制的攻擊性和敵意。這把傅崢從心不在焉裡拽了出來——

「律師本來是經驗至上的工作，就算七八十歲，只要身體健康邏輯清晰，仍完全可以工作，甚至會比年輕的律師更吃香，用年齡來定義工作成就沒有什麼意義。」

他看了陳爍一眼：「很多人可能有個盲點，覺得年輕就是本錢，在更年輕的時候就從事某個工作，比別人多幹兩年，就覺得了不起，就能指點江山，是老資格能倚老賣老了，但說句實話，有些人沒有天賦沒有能力，在某個領域深耕十年，甚至沒有別人做一年得到的成長多。」

傅崢笑了笑：「就像你，雖然看起來三十好幾了，但我看你的談吐，就覺得要是像你這樣的人才，就算這個年紀才剛進入法律領域，也能幹出一番天地的。」傅崢說到這裡，佯裝不解地真誠問道：「不過聽你喊我們寧婉學姐，是你上學特別晚還是高中重讀過幾年？」

陳爍只覺得自己快要氣炸了！他確實長得偏向成熟，平時走在路上看起來還比寧婉大些，但被說成三十好幾還重讀過好幾年，這就真的難以容忍了！

自己的直覺果然沒錯，這個什麼傅崢果然不是個省油的燈，還我們寧婉？！陳爍只覺得一口惡氣都快衝破胸膛了，寧婉是他家的嗎？他也配？一個三十歲剛開始實習的助理律師，還覺得自己挺行的？

陳爍皮笑肉不笑道：「等你再做兩年律師，你就知道了，律師工作強度大，確實催人老，我好歹二十幾歲的年輕人，底子不錯看起來都有點顯老被你誤解成三十多了，你這樣已經三十的，就更要注意未來保養了，不然多幹兩年，三十看起來像四十五十都不是沒可能。」

寧婉去完洗手間回座位，倒是發現自己一走，陳爍和傅崢似乎聊上了，並且感情進展神速，兩人竟然熱火朝天地聊起保養和保健食品了。傅崢一派溫和地推薦男士除皺精華給陳爍，陳爍一臉友好地向傅崢推薦抗衰膠囊，你來我往，你推一個，我也一定要回饋一個，兩人之間禮尚往來的樣子，完全詮釋了中華民族投桃報李的傳統美德。

看著傅崢振作起來，不再沉溺於沒能去到高級餐廳的不捨和被訓話的沮喪，寧婉感到由衷的高興，她覺得自己引薦傅崢和陳爍認識真是太對了——

「我就知道你們一定能欣賞彼此做好朋友！」

或許是聊得熱情過頭到有些失控，寧婉這話下去，傅崢和陳爍都顯得有些不自在，寧婉沒想到，這兩個男人之間惺惺相惜原來還帶不好意思和害羞呢，好在在她的堅持下，傅崢和陳爍還是互相加了通訊軟體好友。

「這樣你們就可以暢所欲言交流男性保養品了！」寧婉感慨道：「真沒想到你們竟然對保健食品這麼有研究，愛好完全一致！以後多多交流啊！」

可惜回答寧婉的，是兩個男人詭異的沉默，剛不是還聊得熱情似火呢，怎麼自己一來還害羞了？

男人的友情，還真是奇怪，男人的愛好，更是奇怪。

傅崢和陳爍這一晚的插曲很快就被寧婉拋在了腦後，社區律師工作總是忙一陣空一陣的，昨天挺空，今天就報復性忙起來。

第二天自上班開始，寧婉就輪流和傅崢接了總共快二十通電話諮詢，還抽空接待了兩波實地諮詢。而事情都像擠在這一塊似的，出差回來的陸峰也把和王麗英面對面溝通的時間約在了今天。

在寧婉和傅崢剛送完上一波諮詢的客人後，陸峰和王麗英也先後到了辦公室。

王麗英再見陸峰，百感交集，臉上尷尬又愧疚：「小陸，是我對不起你，是我沒文化，以為……」

這事情能水落石出，兩個人當面溝通，這本來是個皆大歡喜的事，一旦解除誤會，這之後的事處理起來也就簡單多了。

然而寧婉沒想到王麗英老人剛開口，就被一聲粗獷的男聲打斷了——

「要把房子給別人，想也別想！」

伴隨著這戾氣十足的聲音，是門被猛烈踢開撞上牆的聲音，寧婉抬頭，才見郭建國鐵青著臉，身後跟著他同樣臉色難看的弟弟，兩人魚貫進入辦公室後，他們的老婆也板著臉走了進來，最後跟著走進來的是郭建紅。

「媽，妳真是中了什麼邪，我們好不容易把妳勸住了這婚不結了，結果現在說要簽個什麼協議把房子留給這個非親非故的？」郭建國老婆瞪著吊梢眼睛，聲音尖銳憤恨道：「妳又不是絕戶，家裡兩個兒子呢，就算不給我家建國，給建忠家，我們也氣得過！」

一聽這話，郭建忠的老婆立刻附和起來：「怎麼不是，媽，大哥大嫂和我們可是妳的親人，妳現在二話不說，要把房子給這個半路殺出來的傢伙，妳這是什麼意思啊？」

郭建國郭建忠這兩家兒媳婦平時一直合不來，然而到了這種時候，竟然空前一致的團結起來，兩個人又是罵又是叫又是喊冤，郭建忠郭建國兩兄弟又不時幫個腔，現場一片混亂……

「媽！這事我們絕對不同意！」

「媽，妳這是老糊塗了！我們才是妳的親人啊！我們才是替妳養老送終的人啊！」

見好言相勸沒有得到回饋，這兩對兒子兒媳話語裡就開始帶了點威逼利誘的暗示了——

「媽，妳這病以後治療不是還要靠我們兒子兒媳照顧嗎？妳要是把房子給了別人，那我們可能就沒錢照顧妳了，畢竟我們過得也不太寬裕，現在養個孩子太花錢了，而且我們還準備生二胎呢，這不努力生個大孫子給妳傳宗接代嗎……」

「照顧我？」在長久的沉默後，王麗英終於開了口，她的聲音疲憊裡帶著點恨意，「我沒打算把房子給小陸前，你們就照顧我了？」

「我是沒文化，是得了癌症，但我不是傻子，你們在想什麼以為我不知道？」王麗英滄桑地笑了笑，「就你們還能替我養老送終？你們巴不得我早點死，好早點分了這房子和我留下的錢。」

「我想去治病，你們是怎麼說的，叫我別化療，保守治療就行了。」

郭建忠臉上有些難看，但還是辯解道：「媽，那我們也是替妳著想，化療真的傷身體，妳年紀大了，不一定吃得消，我們諮詢過醫生，有些病，治不治其實存活時間都差不多，要是去治還是個折騰，化療那藥水都毒啊，把妳身子都掏空了更容易出事，都說老年人不如保守治療，最後那幾年生存品質還高些，我們真是為妳考慮的……」

「建忠，這種場面話就不要說了，你和你老婆那天在醫院外面是怎麼說的？說本來過年計畫去哪旅遊，結果現在都不敢訂機票了。」王麗英乾癟的病容上露出嘲諷的笑，「你怎麼不說說為什麼不敢訂機票？」

郭建忠夫妻倆一聽這話，也不知道怎麼的，臉上一陣青一陣紅，但都不說話了。

王麗英乾澀的眼角泛出淚意：「我一開始聽你們說，以為你們是覺得我時日不多過年不出去玩準備留下陪我，心裡還恨自己不爭氣，怎麼就得了這個惡病，結果你們說了什麼？」

「你們說，看我這樣就熬不過過年，怕過年期間死了，要是在外面玩還得改簽機票回來奔喪，太浪費錢了，但不回來又怕建國一家趁勢先搶走房子和大部分的錢，擔心和埋怨我死的可能不是時候。」

王麗英話到這裡，整個人哽咽了：「建忠，那我就問問你，媽什麼時候死才叫是時候呢？」

郭建忠臉色難看，被質問到一言不發，他的老婆也移開了目光。

郭建國趁機表態道：「媽，我們和弟弟家不一樣，我們……」

「你們是不一樣。雖然你們不幫我出一分治療費，平時也一分錢沒給過我，反倒明著暗著跟我要錢補貼你們，但我病了還會帶水果來看我。」

郭建國剛舒緩了表情想要附和，就聽王麗英繼續道——

「可水果每次都是已經爛掉的，一看就是你們家來不及吃又覺得扔掉可惜的，你的老婆我還不知道？東西要是不爛不壞，就算扔掉也不願意拿來給我，你們家養的狗，吃的還是很貴的什麼進口狗糧，我呢？我是你們的媽，在你們眼裡比狗都不如！」

「我活了一輩子，總是不斷反省自己，看別人去打工賺錢了，恨自己錯過機會做決定的不是時候；幫你哥和你買房子，又恨自己沒趕上房價最低的那兩年下手的不是時候；自己病了沒辦法幫你們帶孩子了，恨自己病的不是時候……沒想到到頭來，還被你們嫌死的可能不是時候。」

王麗英老淚縱橫：「我沒想到，我這麼喜歡的兩個兒子，一個比一個沒良心，我現在也想通了，我都快死了，不想再委屈自己，不想把房子和錢留給你們兩個不孝的東西。」

寧婉雖然聽肖阿姨也提及過王麗英兒子兒媳不孝的事，但實打實地聽老人如此帶著細節控訴，還是令人嘆惋。

郭建紅臉上則隨著自己母親的控訴從詫異到自責和愧疚，她常年在外地，顯然沒料到自己的哥哥嫂嫂竟然是這樣對待母親的。

事已至此，郭建國郭建忠兩家被駁斥得啞口無言，寧婉清了清嗓子，準備就王麗英計畫的遺贈撫養協議和陸峰溝通，然而她還沒開口，此前無話可說的郭建國卻突然開了口——

「媽，妳這房，不能留給陸峰。」他頓了頓，然後抬高了聲音，「妳想走遺贈撫養協議，可以，那我們就都按照法律走，妳要知道，這房子寫的雖然是妳一個人的名字，可這是妳和爸的婚內財產，那就是一人一半的，爸現在走了，我們顧及妳沒房子住，也沒說什麼，把房子繼續留給妳用著，但嚴格說起來，這房子裡歸爸的那一半，可是爸的遺產。爸也沒留下遺囑說自己的遺產都給妳一個人，那按照法律，我、建忠建紅和妳，可都是這遺產的法定繼承人，對這房子的一半，是可以要求一分為四的，我們每個人都有權利要這房子八分之一的錢！」

郭建國顯然早有準備，說起來頭頭是道：「妳現在對房子裡那一半歸妳的想要給別人，那可以，可另一半爸的遺產，就不是妳說了算，我不同意妳把另一半裡屬於我的份額給別人，那的的確確該是我的！」

郭建忠見哥哥這麼講，立刻附和道：「我也要拿回我的那份！」

兩個人唱完白臉，兩家的兒媳婦立刻唱起了紅臉——

「媽，就算妳對我們有意見，那妳也得顧及顧及爸的臉面，妳雖然不和陸峰結婚，但想把房子留給非親非故的他，以後不被人說閒話嗎？哪有房子不留給自己兒子的？」

「爸要是泉下有知，肯定氣死了！妳這樣對得起他嗎？他可肯定不想自己一輩子辛苦買的房便宜了外人！雖然說這房是妳和爸生前的共同財產，可錢都是爸出的。」

這兩個兒子也立刻緊跟自己老婆其後步步緊逼道：「媽，妳要是要寫遺贈撫養協議給陸峰，那我們就要求立刻分割這房子，畢竟爸的那部分，我們要分是合法合理的，所以要麼妳把這房子馬上賣了，把該給我們的那份錢給我們，要麼妳不賣房子，那就拿出這房子同等市價八分之一的錢分給我們。」

寧婉完全沒想到這兩個兒子竟然會當場發難逼迫老人分家，這明擺著就是刁難了，老人名下就一間房，要是賣了，以後去哪住？要知道獨居生病的老人並不容易找房子，房東可都怕人死家裡晦氣，可要是不賣，想要簽遺贈協議，兒子又逼迫她必須直接拿出等額的錢來，老人手裡哪有那麼多現金？

家庭遺產繼承糾紛之所以難辦，常常就是因為這些問題，房產不像現金一樣容易分割，每個繼承人想法又不同，想要平衡好真是挺難。

只是寧婉剛想開口調解，卻聽王麗英開了口。

老人神情激動，語氣甚至有些嘶啞：「我死了就算和你們爸到下面相見，沒臉見人的也不是我，是他！我辛苦操勞了一輩子，幫他拉扯大了三個孩子，他呢？在外面養了個小的！」

一席話，幾個子女都呆住了。

「這不可能！妳別汙衊爸！」

「爸什麼時候出軌了？！媽，妳別胡說八道了！」

王麗英卻是冷笑：「你們當然不知道，你們爸做的醜事還多著，我為了你們，忍了，不想影響你們，也一句話沒說過。可現在想想，我過的都是什麼日子？到頭來你們也沒承我的情，最後還拿他來壓我，我這輩子有哪裡對不起他了？」

「至於這房子，就是我一個人的，和你們爸沒一點關係，我想給誰就給誰，也不用分家產給你們！這房子，是我受不了你們爸和他離婚後，他當時正遇上個升遷的機會，怕出軌離婚這種事鬧大了影響他在單位的名聲，想求和，才在離婚後買給我寫我名字的！所以這房子就寫在我一個人名下，買完房了，我看在這分上，才復婚的。你們要是不信，我可以把那時候的離婚證、房產證都拿出來給你們看。」

王麗英這番說辭，把兒子兒媳都震傻了，他們千算萬算，沒算到父母之間還有這一齣，這房子竟然是歸屬王麗英一個人的，這下用父親遺產要求分家產逼迫阻撓的方法，也完全沒用了。

事已至此，郭建國郭建忠也不管不顧禮義廉恥了，在金錢面前，親情對他們而言顯然並不重要，兩個人徹底撕破了臉——

「行，房子是妳的，妳想怎麼處理妳說了算，可妳要一意孤行便宜外人，那就別怪我們不再管妳的養老，到時候這個外人有了妳的房子不管妳死活，妳可就叫天天不應叫地地不靈了，那時候別再想找我們！」

「以後妳的墓，也找他掃，每年祭祖，也別找我們！遺贈撫養協議只能保證他在妳死前管妳，妳人一死，又不是親生兒子，我看以後誰給妳上墳！以後在下面，別人都有祭品，就妳變成孤魂野鬼！」

這兩個兒子，一個比一個咄咄逼人，王麗英這樣的老人，沒什麼文化，活著的時候一輩子過得艱辛，但對養老送終和死後葬禮掃墓卻很在意，郭建忠郭建國的話，完全是在老人的心上戳刀子，果不其然，這幾句話，讓王麗英臉上露出了痛苦的糾結和遲疑。

「媽，沒關係，妳想怎麼做，就怎麼做吧。」也是這時，一直沒開口的郭建紅終於開了口，她的聲音不大，卻挺冷靜鎮定，「兩個哥哥不替妳養老送終，我來。妳好好活著，好好治病，別講什麼掃墓不掃墓的事，而且就算兩個哥哥不管妳，我管。」

其實從頭到尾，她作為不受寵的女兒，在這個家幾乎沒什麼存在感，如今的語氣也並不昂揚，卻彷彿自帶一種力量。

郭建紅看向了王麗英，紅了眼眶：「媽，我不要妳的房子，不要妳的錢，我就是心疼妳，是我不孝，是我外嫁後都沒關心過妳，都不知道哥哥嫂嫂這樣對妳，妳房子想給誰就給誰，我什麼都不要，但我是妳的女兒，是妳撫養我長大，我替妳養老，妳別怕。」

她說到這裡，語氣裡帶了點愧疚：「我已經在容市找到工作了，雖然不是多有錢的活，但足夠我們幾個人吃飯了。」郭建紅抹了抹眼淚，「妳受了很多苦，我不想妳再受苦了。」

郭建國郭建忠拉著郭建紅一起來本是想妹妹能幫腔周旋說服母親的，結果到頭來郭建紅卻完全倒戈了，簡直氣不打一處來——

「女兒真是潑不出去的水，手肘往外拐，妳不幫著妳兩個哥哥幫著個外人？！」

說完，大有捲起袖子想打郭建紅的意思，傅崢冷著臉架住了郭建國抬起的手，才把人隔開，然而郭建紅的兩個嫂嫂都氣炸了，當下用尖酸的話罵起郭建紅，更是大有手撕郭建紅的架勢，傅崢不好直接和女人動手，即便幫郭建紅擋著也有些力不能及……

「你們能不能別吵了？」

寧婉剛想去拿自己的大聲公，沒想到陸峰憑空一聲吼，竟然把場面鎮住了。

因為一反常態的大聲嘶吼，他的臉和脖子都有些泛紅，被一屋子的人盯著，也有些不自在，但最終，他還是鼓起勇氣道——

「你們能不能尊重下別人的想法？」陸峰一臉的怨憤，他看向了王麗英，「王阿姨，當初是妳自說自話要逼著我結婚，給我造成了好多困擾，好不容易把事情講清楚了不逼我結婚了，又自說自話要讓我拿房子。」

「依我看，你們這些都沒什麼可吵的，因為我根本不要房子！」

這話像個驚雷，王麗英愣了愣後，直接急了：「小陸，我問過律師了，你只要在合約上簽名，到時候我看病多照料照料就行了，你要是有了這房，你們家嬌嬌就可以落戶，這是學區房，以後孩子上學也不愁……」

「阿姨，我知道房子很好，可我不想要啊！」陸峰的語氣聽起來都無奈了，「我確實是外地人，確實沒什麼錢，也確實需要學區房，但我可以自己一分分賺，我不想牽扯到你們的家務事裡，這個什麼遺贈撫養協議，我不簽。」

這下王麗英亂了方寸，她求助地看向寧婉和傅崢：「律師，你們能幫忙說服小陸嗎？」

寧婉搖了搖頭：「王阿姨，合約訂立本來就不能強迫，這不是我們能說服的問題。」

「可小陸要是不簽，我這房子以後給誰呢？」王麗英徹底沒想到這一件事，一屁股癱坐在了地上，帶著哭腔道：「我是死也不要給這兩個不孝子！」

王麗英完全沉浸在痛苦裡，覺得山窮水盡，陸峰卻一臉不解地開了口——

「王阿姨，妳兩個兒子是不孝順，可我看妳女兒挺好的啊。」陸峰說著看了郭建紅一眼，「妳說要把房子給我，妳兩個兒子狠話說成那樣了，可妳女兒卻是支持妳的，甚至也說了，就算房子給了我，她也會孝敬妳，妳這女兒實實在在為妳考慮，也沒貪圖妳的房子和錢，妳有這麼好的女兒為什麼卻只看到兩個不孝的兒子呢？」

王麗英愣了愣，隨即下意識搖頭道：「這養老的事當然還是得男的來，女兒怎麼養老啊，女兒沒用……」

陸峰抓了抓頭：「我知道這是妳的家務事，但既然我也被牽連進來了，我這個局外人就講講心裡話，王阿姨，妳完全可以把這房子給女兒啊，我覺得是她的話，絕對會替妳養老，也會帶妳看病，好好對妳的，妳與其找我這個外人，為什麼不和妳女兒簽個什麼遺贈撫養協議呢？」

這話不說還好，一說，郭建國郭建忠兩人又炸了——

「這怎麼行？建紅是女兒！爸當初就說了，女兒是嫁出去的，都不能算自己人，更不能分房子！」

「建紅，以前就說好了，爸媽在妳結婚時貼了十萬塊嫁妝給妳，這就互不相欠了，家裡的房子和錢妳不能分，妳別不是忘了？！」

「法律從來沒有規定女性天生就失去繼承權，剛才你自己援引法律說到法定繼承人時不也承認了郭建紅的繼承地位嗎？怎麼現在就反過來不認了？」

寧婉本想開口，沒想到被傅崢快了一步，他看著郭建國郭建忠兩人冷哼了一聲：「你們倒是人才，法律對你們有利時就強調法律，事實對你們有利時，就強調事實，都不利時就攪渾水。因為女性要外嫁所以失去繼承權這都是多久前的陋習了？」

郭建國的老婆立刻不服起來：「這怎麼是陋習？我們不都是這樣過來的嗎？我家裡有個哥哥，我家的家產也全是哥哥的，那我嫁進郭家，公平起見，我老公家的錢不也應該只給男丁嗎？這樣才能一碗水端平，才能平衡！社會才能和諧！」

「可這就是錯的啊。」寧婉也忍不住了，「妳作為女性，在你們家的財產裡，也應該有繼承權，這是法定的權利，妳自己不僅不去抗爭，還順水推舟成了這種陋習的擁護者，反過來維護這種陋習，妳自己作為女性被剝奪了財產權，妳就從別的女性那裡剝奪回來，妳覺得這對嗎？這怎麼就是一種平衡和公平了？」

「我不管，我們歷來都是這樣的規矩！這是祖上傳下來的！建紅絕對不能拿這間房子！」

這話一出，陸峰倒是比寧婉更先火了：「你們這說的什麼話？妳自己就是個女的，難道女的就天生比男的低一等？」他看向王麗英，「王阿姨，我這個外人說句不中聽的，妳就是把兒子看得太重了從小太寵兒子了，家裡什麼都以兒子為先，才釀成現在這個後果的。」

郭建忠不樂意了，他粗啞著嗓子道：「你一個外人，還是個男人，還以為自己是個平權鬥士婦女主任了？」

「我雖然也是個男的，但我是個女孩的爸爸，我不覺得女孩就該比男孩差，生男生女都一樣，教育才是關鍵，生了兒子但是不好好教育，太過溺愛，未來別說養老，不把自己氣死就不錯了！女兒才是小棉襖，多貼心。」

陸峰說到這裡，看向了王麗英：「王阿姨，難道妳事到如今還執迷不悟嗎？誰才是子女裡真正對妳好的，妳還看不出嗎？妳自己也是個女的，操勞了一輩子，在養育這幾個孩子的事上，是妳丈夫做得多還是妳做得多？女兒怎麼就不如男的了？女兒怎麼就沒用了？妳這一路過來，也知道女人有多苦，怎麼就不能多看自己的女兒幾眼呢？妳女兒總比我這個外人可靠多了！」

王麗英一張臉上糅雜著糾結和掙扎的複雜表情，像她這種農村出身沒有文化的婦女，很多時候真是應了那句「可憐之人必有可悲之處」，如她的兒媳婦一樣，自己本身是重男輕女思想的受害者，但另一方面因為長久浸淫的洗腦，已經沒有了正確的是非觀，反過來搖身一變又成了同等制度的加害者，並且完全不自知。

王麗英沒下定主意，郭建紅倒是很深明大義，她的眼眶還紅著：「媽，房子妳也別給我了，妳這麼多年辛苦了，等病治好了穩定了，就把房子賣了，到處去旅遊旅遊，妳不是說過想去海邊嗎？我帶妳去海南看海……」

想去海邊只是王麗英曾經隨口一說，甚至連她自己都沒當真，然而沒想到常年被自己忽略的女兒卻記得那麼清楚，一時之間，她也百感交集。

這個女兒，對王麗英來說完全是個意外，本來就不是計畫內的產物，生出來又是個女的，她也從沒重視過，還真是添雙筷子給口飯吃養大的。平心而論，這女兒課業成績其實一直比兩個哥哥強，不僅更聰慧也更懂事，兩個兒子沒少讓她操心，女兒卻早早就出去做家教幫忙補貼自己了……

本來女兒是能上大學的，但當時為了幫兩個兒子買房娶老婆，愣是讓她去打工了，後來兩個兒媳婦陸續進門，王麗英生怕鬧出矛盾，又急忙找了個外地的適齡男青年把女兒外嫁了……

如今真的細細打量，才發現自己女兒站在兩個兒媳身邊一對比，蒼老得多，然而唯獨她，看向自己的眼神裡透露著關心和焦慮。

王麗英的眼眶突然有點濕，她看向了兩個兒子：「既然小陸不要這間房子，那我也不是不能給你們，但這房子我就只給一個人，不分割，至於給誰，我問五個問題，誰答出來得多房子就是誰的。」

她這話並沒有對郭建紅講，按意思，郭建紅連回答的資格都沒有，兩個兒子自然是喜出望外，立刻就換了副面孔——

「媽，妳放心吧！這房子交給我們，絕對不會亂來，到底是妳親兒子，肯定會替妳養老送終的，剛才那些也都是氣話！」

「媽，以前我有做得不到位的，以後都能改！」

郭建國郭建忠立刻變臉表起忠心，郭建紅則還是很溫順，並沒有表達異議。

眼見沒人反對，王麗英開始問了：「我的生日是哪天？」

「啊……這……八月……八月……」郭建國抓耳撓腮，他平時從沒幫自己的媽過過生日，又背不出身分證字號，自然不記得，只隱約記得是八月。

郭建忠也一樣，第一個問題，這兩兄弟竟面面相覷，一個也回答不上來。

王麗英也沒在意，又問了第二個：「我在這社區裡，關係要好的姐妹有誰？」

「……」郭建忠臉上掛不住了，「媽，妳這是存心為難我們呢，我和大哥怎麼會知道這些啊！」

王麗英沒表態，只抿著唇繼續問了第三個第四個第五個問題，這五個問題都是關於王麗英的一些生活細節，只要能稍稍關心下老人，其實並不難回答，只是不出意外，這兩個兒子一個也答不上來。

「你們口口聲聲說房子給你們，你們就替我養老送終，可這些問題你們都答不上來，你們平時除了心安理得地跟我要錢，關心過我什麼？我能安心把房子給你們嗎？」王麗英顫抖著手抹了抹眼淚，「小陸說得沒錯，是我家門不幸，是我沒教育好，是我自作自受啊！」

王麗英哽咽著看向郭建紅：「建紅，妳來回答。」

郭建紅愣了愣：「我？」

「對，妳答。」

「媽的生日是八月十六日；媽生病前愛在社區跳廣場舞，和領舞的肖阿姨關係挺好；媽喜歡藍色；媽左邊腰有些不好，是一次雨天摔的；媽最喜歡吃蠶豆。」

雖然不明所以，但郭建紅還是一口氣流暢地回答完了問題，而從王麗英的表情來看，她回答的也都是對的。

兩個兒子一個女兒，誰是誰非，不用多言，已經一目了然。

王麗英深吸了一口氣，看向了寧婉和傅崢：「律師，我覺得小陸的建議挺好，房子就給我女兒，寫那個什麼協議吧。」

「王阿姨，妳女兒是妳的法定繼承人，對妳在法律上就具有撫養的義務，所以不能也用不著用協議的方式來確定。」傅崢抿了抿唇，解釋道：「法定繼承人和被繼承人之間不能簽訂遺贈撫養協議。」

傅崢又用簡單的語言再次解釋了一遍。

王麗英聽是聽懂了，可又疑惑了：「那我該怎麼辦？」

「那就做個律師見證遺囑就好，確定遺囑把房子留給女兒。」

郭建國直接炸了：「這我不同意！」

郭建紅也連連擺手解釋：「哥，我沒想獨吞房子，我……」

雖然郭建忠郭建國兩家卯足了勁地上躥下跳反對，但王麗英老人相當堅持，最終，寧婉和傅崢為她做了律師見證遺囑。

搞了這麼一齣，王麗英也有些累了，最後，郭建紅和陸峰兩人一起把她攙扶著回了家。

眼看著事情告一段落，傅崢正準備送客把郭建忠郭建國兩家請出去，寧婉倒是制止了他：「等一下，我還有些話要和他們說。」

傅崢愣了愣：「事情都解決了，和他們還有什麼能說的？」

郭建忠郭建國顯然也是這樣想，兩人當即憤恨地放狠話道：「我們沒什麼想和妳說的。」

「你們這些律師沒一個好東西，你們這樣幫我媽把房子給了建紅，那也行，那以後養老送終這些就都歸建紅了，誰讓她拿了房子！」

寧婉倒是不急不慢開了口：「你們兩位也別急著撇清，法律規定你們對自己媽媽就是有撫養義務的，就算王阿姨沒買過任何一間婚房給你們，沒貼過錢給你們，你們一樣跑不掉這個撫養義務，否則一告一個準，連自己親媽也不肯贍養，以後鬧到你們單位，你們臉上有光？還怎麼做人？」

郭建國直接炸了：「那憑什麼？法律既然強迫我們要養老，那房子為什麼就給建紅？！」

寧婉打斷道：「律師見證遺囑說白了也是遺囑的一種，只要是遺囑，就是可以更改的，你們妹妹的性格你們也了解，她本人明顯並不是急著獨吞房子的，所以房子最終到底怎麼分，這都得看你們母親的意思。」

寧婉看向郭建忠郭建國：「我什麼意思，想必二位也明白吧？只要王阿姨的想法有變，房子的分配就隨時可以改，遺囑後訂立的效力優於先訂立的，你們現在與其和王阿姨對著幹，不如好好想想，自己是不是確實有做得不夠的地方。」

「好好對待王阿姨，好好贍養她，好好關心她，她內心畢竟是偏著兒子的，要體會到你們的改變了，她改變遺囑裡房子的分配方案，又不是不可能的事。人的感情和決定都是能變的，但變不變，就看你們的努力了。」

寧婉這話下去，屋內剩下幾人的表情果然出現了變化，幾個人的神情立刻活絡起來，眼睛一下又重新放光了。

「幾位的年紀對我來說都是長輩，子欲養而親不待這種話想必早聽過了，王阿姨本來就已經得了重病，最後這幾年，還是好好對她吧。」

「那律師，之後改遺囑，還能找妳改吧？」

寧婉點了點頭，這幾人得到了肯定的答覆，當下也不吵鬧了，臉上都合計著什麼交頭接耳了一陣，然後才好聲好氣地和寧婉告辭離開了。

他們一走，傅崢卻皺了皺眉：「為什麼多此一舉和這些貪婪的人聊這個？」

寧婉抬頭看了他一眼：「你為什麼覺得是多此一舉？」

「這幾個人明顯動機不純，就算現在按住不表裝孝順對老人好，也都是假的，明顯就是為了房子，妳又何必去說這些？」

寧婉笑笑：「我要是什麼都不說，郭建國郭建忠一家，肯定恨死了王麗英也恨死了郭建紅，以後這一家子，肯定是和諧不起來了，這樣就算處理掉了眼下這件事，可這兩兄弟和妹妹母親之間卻算是斷交了，以後相見也和仇敵似的。」

「王阿姨嘴上不說，心裡該多難受，生養又偏愛的兩個兒子最終就這樣對自己？郭建紅也是個老好人脾氣，這樣得罪了哥哥嫂嫂，一定也是坐立難安，而郭建忠郭建國一家，也每天生活在仇恨和憎惡裡。」

「雖然從法律層面來說，我們完美解決了當下的問題，可從後續來講，這根本是三輸。」寧婉頓了頓，「如果是普通的民事糾紛，我們做到這一步其實就無可指摘了，但我們的身分又比民事糾紛律師更特殊一點，是社區律師，很多時候看起來是一件小事，但關係到一個家庭的命運，所以我一直說，社區無小事，目標額再小，也要仔細對待，因為你很可能會改變別人的人生。」

「法律雖然能處理大部分事，但做社區律師千萬不能有法律萬能主義的盲點，還是要通達人情世故，除了用法律，還要輔助用別的手段緩和法律糾紛和家庭矛盾。」

寧婉看向傅崢眨了眨眼：「我知道郭建國郭建忠不是什麼真心孝順的人，但王阿姨也沒幾年了，這幾年裡，他們能好好表現，全家關係更緩和，即便是虛情假意的，確實沒什麼壞處，何況很多事，做著做著，或許人還真的能改變了呢？畢竟不管怎麼說，人在情緒對抗的狀態下肯定沒辦法解決問題，但緩和的關係裡，說不定能摸索出新的方案？」

「至於老人遺囑到底改不改，相信她也自有一個判斷，真心對她好和虛情假意，不會判斷不出來。」

寧婉說完，拍了拍傅崢的肩：「好了，寧老師小課堂結束了，現在幫我去買杯飲料。」

傅崢愣了愣，顯然沒反應過來。

「講了這麼多，都口渴了，所以上面這些工作經驗和至理名言，就用你的飲料跑腿服務抵了！」

寧婉笑嘻嘻地看了傅崢一眼：「要知道，一般的帶教律師才沒我這樣事無巨細手把手解釋清楚，畢竟我們這樣的資深執業律師，平時都是按小時收費的，按照我的費率，剛才這一些，最起碼也有兩百塊呢！知道你家裡困難，不跟你收費了，你就幫我買杯飲料好了，我這個上司是不是很體恤下屬？高興嗎？」

「……」

高興，怎麼能不高興？屈尊一次去跑腿買飲料，竟然價值「高達」兩百塊，這一刻，時薪一千二美金的傅崢都快高興壞了。

雖然心裡是拒絕的，但傅崢還是任勞任怨去買了飲料，因為平心靜氣地想一想，寧婉確實在某種程度上填補了傅崢的知識空缺，或者說是一貫以來的某種偏見。

資深律師做久了，對於法律的運用和操作會駕輕就熟遊刃有餘，很多時候也像一門藝術，自我也更容易產生一種優越感，站的位置高了，很多時候更是會一葉障目。

一直以來，傅崢確實深信法律可以解決一切糾紛，即便如今法律沒有面面俱到，但總有一天隨著法制的健全，法律將可以包羅萬象，規範人類的所有行為，他把這樣的觀點歸類為對法律的信仰和尊重，對那些用調解或者道德來化解糾紛的律師嗤之以鼻，然而今天寧婉這番話，卻讓他有些意外。

傅崢第一次意識到，法律或許確實並不是萬能的，法律只能調整人類社會有限的合意行為，有一些領域，是法律不論怎麼發展都永遠無法涉足的。

因為從來只過百分之十的人生，起點一直很高，傅崢以往沒有下沉到基層的經驗，如今看來，倒是真切覺得在社區歷練一陣，對於完善自身也有幫助，寧婉很多案子確實辦得可圈可點，法律和人情能做到完美結合，處理得堪稱優秀。

一路這麼想著，傅崢已經端著飲料往辦公室走，結果沒想到，在離辦公室不遠的門口，竟然還看到了個熟人。

拿著一束花左顧右盼等在不遠處的，不是肖美是誰。

看著對方手裡的花，傅崢內心警鈴大作，寧婉不是說已經搞定肖阿姨了？怎麼看樣子她還沒死心？

而也是這時，肖美一眼看到了傅崢，她收拾了下表情，然後快步迎了上去。

「小傅啊！」肖阿姨看向傅崢，眼神複雜，聲音感慨，「沒想到……你我終究是有緣無分……」

傅崢愣了愣，原本以為的追求劇情竟然沒有上演，他心裡鬆了一口氣，也好聲好氣安慰道：「肖阿姨，我們不適合……」

結果話還沒說完，就被肖美打斷了：「是啊，不適合……我們當不成男女朋友，那就當姐妹吧！」

「？？？」

姐妹？這跨度也太大了？

肖阿姨卻沒有在意傅崢的不解，只繼續道：「不過小傅啊，聽阿姨一句勸，世間一切陰陽調和，這不是沒道理的，你說兩個陽的，加在一起陽氣也太盛了，對身體不好，得上火！」

傅崢簡直莫名其妙：「我挺好的，我沒上火。」

結果這話下去，肖阿姨看自己的眼神更憐憫了：「唉，算了，你們年輕人的想法我不懂，這可能也不算是個病，糾正不過來。我前幾天睡不著看了挺多文章的，說你這事吧，很可能是基因裡注定的，是娘胎裡帶出的毛病，也不能怪你，小傅，你也是個受害者啊！」

這都什麼跟什麼？自己娘胎裡帶了什麼毛病出來？

傅崢正想開口詢問，結果抬眼看了辦公室一眼，就被寧婉面前坐著的兩人震得七魂少了三魄——

他看向其中一個，這不是他大姨？！

再看另一個，這不是他二姨？！

傅崢在魂不守舍裡根本沒在意肖阿姨在說什麼，只記得她拍了拍自己的肩，一邊道：「萬事有始有終，小傅，你是我這幾年來唯一心動的人，現在既然我們沒辦法走到一起，我也和你告個別。雛菊的花語是離別，就讓它，替我們的相遇劃上完滿的句號吧！」

這麼一番文藝悲情的話講完，肖阿姨彷彿連再看傅崢一眼都心痛，把花往他手上一塞，就邁著小碎步走了。

寧婉本以為順利處理掉王麗英老人的案子後，總能稍微緩一口氣，可也沒想到今天到底是什麼日子，來實地諮詢的人竟然絡繹不絕，坐等右等，沒等傅崢把飲料買回來，倒是等來了一位新的客戶——

傅崢走了沒多久，一位珠光寶氣的中年貴婦就嫋嫋婷婷走了進來。

她一見寧婉，反覆打量了幾遍，就試探性地詢問起來：「妳是這的社區律師？今年多大啦？剛畢業嗎？」

這種客戶並不是第一次遇見，很多居民誤會越老的律師經驗越充足越可靠，因為寧婉長得顯小，常常第一印象上就遭到質疑，因此對這個問題，寧婉也不覺得有什麼意外，心態挺平和：「這位阿姨，我叫寧婉，已經工作一陣了，妳放心，我是專業律師，有經驗，妳有什麼想諮詢的直接問就行。」

平時的客戶，一旦開門見山這麼問，基本上倒豆子似的就訴苦起來，然而眼前這位中年貴婦卻不太一樣……

「我啊，我是有法律問題想問，就……就……」對方像是磕磕巴巴憋了半天，才憋了出來，「就我一個月前借了十萬塊給鄰居，但是沒寫借據，現在她不認了，我還能把錢要回來嗎？」

「妳住在悅瀾的哪棟樓裡？」寧婉有些疑惑，「我在這做社區律師有一陣子了，好像沒怎麼見過阿姨妳？妳借錢當時有轉帳紀錄嗎？轉帳用途裡寫明了借款嗎？要是都沒有的話妳鄰居是誰？興許我認識，我直接找她溝通談談，十萬塊可不是一筆小數目……」

「我……哈哈哈哈……我新搬來的！」

就在寧婉想繼續深問之時，門外又走進了一個人——

「律師，我有個法律問題想要諮詢……」

寧婉抬頭一看，竟然又是一個珠光寶氣的中年貴婦，手裡挽著個愛馬仕，讓寧婉不得不感慨，悅瀾社區真是藏龍臥虎，有錢人竟然這麼多！都這麼有錢了，竟然也不找收費昂貴的大律師，而是來徵求社區的廉價法律服務，可見有錢人之所以能有錢，看來都是因為這份令人動容的精打細算和節省！

新來的中年女子體態優雅，進來後第一時間就把寧婉從頭到腳打量了幾個來回，剛想坐下來，結果看到了已經坐著的另一位中年貴婦，兩人彼此一對視，顯然嚇了一跳。

「兩位認識？」

先來的貴婦連連擺手：「不認識不認識。」

後來的貴婦一口承認：「認識……」

「……」

不得已，寧婉又問了一遍：「兩位到底認不認識呀？」

這次，先來的貴婦連連點頭：「認識認識。」

後來的貴婦卻逕自否認：「不認識！」

這可真的有鬼了。

寧婉盯著這顯然有鬼的兩人，清了清嗓子：「我們諮詢也講個先來後到，不好意思阿姨，前面這位客人的諮詢還沒講完呢，為了隱私，能麻煩您先去外面轉轉等等再來嗎？」

可惜自己這話下去，先來的那貴婦竟然謙讓上了：「不用不用，寧律師，要不然就讓後來的姐妹先諮詢吧？」

後來的貴婦也很好說話：「律師，這位先來的姐妹也不用迴避，大家一起聊聊！」

「……」寧婉噎了噎，沒見過這麼奇怪的客戶，「那阿姨，妳說說妳是什麼事想諮詢呢？」

「我……我……我就借錢給鄰居了人家不還……」

寧婉心裡有些難以形容，怎麼，如今的中年貴婦都這麼好騙嗎？剛來一個借錢給鄰居的，這又來一個？搞得寧婉都有些忍不住想問，妳們還缺鄰居嗎？

只可惜上天是公平的，這兩位貴婦雖然有錢，但看起來不太聰明，寧婉針對民間借貸糾紛的特點問了案子的一些細節，結果這兩人竟然一問三不知，那磕磕巴巴的模樣，甚至像整個案子都是胡謅亂編的……

而很快，這兩人的行為就驗證了寧婉的猜測——

在自己記錄的間隙，這兩人就左顧右盼起來：「小寧律師啊，妳這，難道就妳一個律師？」

寧婉頭也沒抬：「不只，還有個男律師。」

兩位貴婦果然來興趣了：「這男律師人呢？」

寧婉也覺得傅崢飲料買太久了，下意識抬頭，結果就在門口不遠處看到了傅崢，這麼一看，她才意識到傅崢為什麼去了這麼久沒回來，原來是被肖阿姨堵住了，兩人正在一起說話呢。

寧婉下意識指了指傅崢：「人在那呢。」

結果自己不說還好，這一開口，兩位貴婦循著目光一看，當下連自己的借款糾紛也不想聊了。

「這位男律師可真是一表人才、人中龍鳳、器宇軒昂、英俊瀟灑、風流倜儻……」

寧婉不得不打斷了這可怕的成語運用：「阿姨，我們先來說說妳的法律糾紛。」

「哦……」這兩個中年貴婦挺不甘心的，但好歹回過神，可惜好景不長，寧婉剛跟她們講了幾句，她們的眼神又忍不住朝傅崢那邊瞟去。

結果自己還沒講兩句，這兩個中年貴婦瞟了自己一眼，又開始吹捧起傅崢了：「寧律師啊，我看妳這同事，真的好帥啊！是不是？妳看這身材，一級棒吧！氣質也特別好啊，光看，就顯得端莊有文化……」

「……」

傅崢這他媽怎麼回事？雖然比別人長得帥一點身材好一點氣質也好一點，可至於嗎？

寧婉的心裡充滿了真實的疑惑，說實話，傅崢如今離辦公室還有段距離，連自己看他的臉其實都不太清晰，這兩個中年貴婦視力這麼好？何況因為被肖阿姨堵著，大概對中老年追求者有點心理陰影，此刻傅崢的表情並沒多好看，但就這，都能吸引中年貴婦折腰？自己眼前這兩位中年貴婦，問法律諮詢顯然心不在焉，但對傅崢的誇讚卻是全方位無死角……

得了，至此，寧婉算是確定了，這就不是正經來諮詢的，而自己從沒見過也是因為這兩個中年貴婦恐怕就不是悅瀾社區的，也不知道是在哪看到了傅崢本人還是他的照片，這他媽又是傅崢的追求者！醉翁之意不在酒啊！

果不其然，其中一位又看了傅崢兩眼，看向寧婉，試探道：「小寧律師啊，妳這個帥得不行的同事，單身嗎？」

傅崢到底是什麼中老年婦女磁鐵？怎麼來一個看上他一個？他怕不是禍國妖姬投胎？

但埋怨歸埋怨，作為傅崢的帶教律師，寧婉覺得自己還是有義務為他解決這些困擾，不能讓肖阿姨的鬧劇，在傅崢身上重演！

此刻傅崢還在和肖阿姨說著什麼，電光石火之間，寧婉靈機一動，何不將計就計？

「我這同事，他有人了！不單身！」

自己這話下去，兩位貴婦眼神都變了：「他不單身啦？！」

「那對象是誰呀？」其中一個打量地看向寧婉，「是妳嗎小寧律師？」

「不是我。」寧婉鎮定地拍了拍對方的肩膀，「妳們看到我這同事旁邊那個阿姨了嗎？」

「看見了啊。」

「那就是我那同事的女朋友。」

「？？？」

兩位貴婦的神色果然崩塌了：「這……這……這女的看起來比我們年紀還大！比妳……比妳這同事都大上幾輪了！他怎麼會找這種女朋友啊？」

寧婉瞧著這兩位的表情，覺得自己這一波轟炸打擊得差不多了，再給個致命一擊，就能把她們心裡對傅崢的那點垂涎打消乾淨了：「我這同事吧，就喜歡老的，覺得越老越有韻味，就和陳年好酒似的。」

對面兩人一對視，臉上果然露出了三觀炸裂的表情。

寧婉再接再厲暗示道：「別說我，阿姨，就是妳們，在我那同事眼裡，也是太年輕了，沒有味道！」

「這……可這……這小夥子一表人才，這……」

「他女朋友也是一表人才啊！」寧婉生怕這兩個貴婦不死心還想著撬牆角，振聾發聵道：「他這女朋友，可是我們社區廣場舞領舞王者！」

兩個貴婦臉上露出了想死的表情……

寧婉內心有些忍不住感慨，瞧瞧，這些中年貴婦都怎麼想的，戀愛只是人生很小的一部分，不過就是失去一個潛在追求對象，大可不必想死啊。

她拍了拍兩位，語重心長安慰道：「總之，誰對上我這同事的現女友，決計沒有勝算。妳們要是想在我們社區廣場舞舞團裡有一席之地，還是要和我這同事女友搞好關係啊……」

彷彿為了驗證傅崢和肖阿姨之間你儂我儂的氣氛一樣，正是這時，肖阿姨把手中的雛菊塞給了傅崢，才依依不捨和他告別。

寧婉便趁機佯裝羨慕道：「看看，兩人感情特別穩定，不是妳送我花，就是我送妳花，浪漫得不行，正熱戀著呢，社區裡別人想撬牆角啊，也都失敗了！」

想來想去，這樣的暗示，應該很充足了。

可不知道怎麼的，這兩位貴婦竟然都沒死心的模樣：「可……小寧律師啊，這……這個女朋友，妳說怎麼帶回家交代啊？這年紀，比……應該比妳這同事的媽都大，以後兩人怎麼稱呼呢？而且這麼大年紀，難道以前沒結過婚？怎麼看也怎麼不相配啊。」

「阿姨，這就是妳們視野局限了，兩人怎麼不相配了？我這同事未婚單身，他女朋友喪偶單身，天造地設的一對啊！至於人家未來結婚的婆媳問題，我覺得妳們也多慮了，婆婆和媳婦年齡差得少，還能以姐妹相稱，沒必要有那種婆媳之間上一代和下一代的隔閡，同齡人也更有共同話題更能互相理解，人家說不定其樂融融的一家呢！」

「……」

這話下去，兩個中年貴婦大概是徹底死心了，妳看看我，我看看妳，臉上露出了震驚到無以復加的表情，大概大有同是天涯淪落人的同理，很快交流了下眼神，頗有一種共沉淪的悲愴感……

而也是這時，傅崢終於從外面走了進來，大約被肖阿姨中途攔過，他手裡拿著束雛菊，臉色相當難看，而剛剛隔著距離就瘋狂吹捧傅崢的這兩個中年貴婦，也不知道怎麼的，一見到傅崢本人，竟然葉公好龍似的，不僅沒敢抬頭正眼打量他，甚至變得唯唯諾諾的。

「小寧律師啊，謝謝謝謝，今天的諮詢對我很有用，我還有點事，先走了！」

「我也有點事，再見再見！」

兩個中年貴婦落荒而逃，傅崢倒是挺從容，他把飲料放下：「我送下這兩位客人。」

說完，就陰沉著臉緊跟其後出門了，那模樣倒不像是去送客，說是送人歸西還比較實在……

傅崢是在路口的轉角處把自己的大姨二姨攔截住的。

傅崢的大姨二姨見已經暴露了，也索性說開了：「崢崢啊，我們就是聽你瑩瑩妹妹說，你最近為了追個女孩都隱藏身分在社區這種惡劣的環境裡辦公了，我們就特別好奇未來外甥媳婦，想來看看……」

周瑩瑩這兔崽子，真是活膩了。

傅崢簡直沒脾氣了：「什麼外甥媳婦？我哪來的女朋友？我自己怎麼不知道？」

他揉了揉眉心：「總之，我在社區這事說來話長，我就問妳們，還有別人知道嗎？」

「沒了沒了，你放心吧。」傅崢大姨壓低聲音安慰道：「我已經讓你二姨三姨四姨還有你幾個嬸嬸全保密了！」

傅崢想，這可真是令人安心……

結果還沒完，大姨二姨交換了下眼神，隨即臉上就露出了一言難盡的尷尬：「另外，有些事，你也不用瞞著我們，我們都懂，我們家一貫是很包容的，接受度很大，但是吧……」

大姨一臉同情：「大姨還是有一句要勸你啊，雖說女大三抱金磚，但是大了太多……這金磚都能抱上七塊八塊了……那你還是要考慮你媽的承受能力的。」

二姨滿面憐憫：「崢崢啊，二姨沒想到做律師這麼不容易，人面對壓力，還真的不是爆發就是變態，你變成這樣，到底是受了多大的刺激啊？」

兩人一臉神情複雜地拍了拍傅崢的肩：「你自己好好想想吧，但這事，真的不行。」

今天大家都被下降頭了嗎？怎麼都莫名其妙的，傅崢簡直摸不著頭腦，一個兩個的，肖阿姨是這樣，自己大姨二姨怎麼也這樣？這說的都是什麼跟什麼？

傅崢的不解直到送走兩位阿姨，回到辦公室後才得到了解答。

辦公桌前，寧婉正在翹首以盼，一見他回來，臉上得意之色盡顯，立刻衝上來邀功道——

「傅崢，你得好好謝謝我！」

傅崢皺了皺眉，不明所以：「什麼？」

「就剛才你送走的兩個阿姨啊！」寧婉擠眉弄眼道：「這兩個不是正經來諮詢的，明眼人一眼就知道，她們……」

傅崢心裡一驚，難道寧婉發現了自己大姨二姨的身分？她竟然如此慧眼如炬？

結果他還沒來得及深想，就聽寧婉豪情萬丈道——

「她們看上你了！」

「……」

寧婉，妳眼瞎了。

只可惜寧婉顯然沒有意識到傅崢表情裡的複雜，只摸了摸下巴沉吟道：「你發現沒？那兩個中年貴婦，其實仔細看，都和你長得有點像？難道你們是傳說中的夫妻相？有夫妻相的人之間是不是有什麼特別的磁場和荷爾蒙？所以這兩個阿姨都不可自拔地被你吸引住了？就人類是不是有一種本能，就是長得像的人，就自動想湊成一家人？」

「……」

謝謝，我們本來就是一家人，那就是我大姨二姨。

只是還沒等傅崢徹底緩過來，寧婉就看向了傅崢，繼續抑揚頓挫豪情萬丈道：「不過你放心吧，我已經把她們對你的圖謀不軌掐滅在搖籃裡了。」

傅崢艱難道：「妳說了什麼？」

寧婉眉飛色舞地看了他一眼：「還能說什麼？」她解釋道：「剛才你不是正好和肖阿姨站在那嗎？我就順水推舟了一下……當然說你名草有主啊！」

這下，傅崢終於能理解自己大姨二姨那一臉一言難盡是什麼意思了。

這一刻，傅崢覺得自己都能即興表演一段當場去世。

寧婉彷彿還嫌這不夠，推了推他，邀功道：「雖然大恩不言謝，但你好歹應該有所表示吧？我真的是盡力了！」

傅崢憋了憋，最終在寧婉鼓勵的眼神裡乾巴巴地蹦出了一句忍辱負重的「謝謝」……

他這輩子沒想過，自己有朝一日竟然還要含淚跪謝給自己造謠的人，如此卑微，如此淪落，寧婉有一句話說得對，威嚴這種東西，就和下海拍片一樣，衣服一旦脫下了，就真的再也穿不起來了……

寧婉優哉游哉，伸了個懶腰，然後拿起了飲料：「唉，總算幫你把爛桃花掐滅了，你不知道，我剛也是急中生智，就直接說你有人了，沒想到還真的鎮住她們了，那表情，嘖嘖……」

傅崢心裡只想冷笑，他忍了忍，最終還是忍不住，趁著寧婉剛插進吸管，不容分說就一把從她手上奪走了飲料，然後洩憤般吸了一大口，宣告了自己對飲料的先行占有。

還自己有人了？

行，寧婉，那妳的飲料也有人了。

第八章　是我傳崢瞎了眼

雖然對自己的大恩大德，傅崢這個白眼狼不僅沒有真心實意好好感謝，還搶了自己的飲料，但寧婉畢竟是個大度的上司，最終，她還是決定大人不記小人過，畢竟在工作態度上，傅崢最近非常開竅，認真幹練，很是讓自己如虎添翼，原本一個人的工作，如今有了個可靠的助手分攤，幾乎所有的電話諮詢和實地諮詢都分包給傅崢了，以至於寧婉社區律師的日子，過得越發逍遙起來。

這天難得既沒電話也沒實地諮詢，寧婉想了想，專業部分提點傅崢的也差不多了，實踐還是要在案子裡學，如今既然沒案子，不如把自己畢生的鹹魚絕學再向他傳授一下。

也是趕巧，正是這時候，寧婉收到了所裡的郵件——

『親愛的寧婉，感謝妳選擇並加入正元律所，二〇一九年，我們感恩有妳……』

寧婉一看：「啊，所裡的例行感謝郵件來了，時間過得可真快啊。」

正元所有個傳統，新年開年後，在發年終獎金之前，所裡會以所有合夥人名義傳給每個律師一封郵件，對每個律師上一年度的工作進行肯定鼓勵，並且再畫個餅，呼籲每一位律師展望美好的未來，繼續加油努力。

傅崢入職沒滿一年，是收不到這樣的郵件的，但這位職場菜雞顯然對這封郵件非常有興趣，一聽寧婉提及，當即就流露出了不太自然的好奇：「寫得怎麼樣？」

傅崢確實是在沒多久前才第一次聽說正元所的這個傳統。

高遠分管人事，雖然每年的感謝郵件偶爾由幾個高級合夥人輪流寫，但大部分其實都是他負責寫的，今年這活又落在他身上，但他被併購案牽絆住了手腳，又臨時需要出差，實在沒空，最終死皮賴臉威逼利誘求了傅崢來代筆，因此嚴格意義上來說，今年寧婉收到的這封感謝郵件，是出自傅崢之手。

傅崢自認為自己的初登場作品是不錯的，既兼顧了鼓勵讚美，飽含了人情味，又展望了未來，因此他咳了咳，等著寧婉的感嘆和讚揚。

寧婉果然表現出了高度認同：「寫得太好了！」

只是傅崢還沒來得及得意，就聽寧婉振聾發聵道——

「這完全就是資本主義剝削的完美樣板！滿口仁義道德掩蓋的卻是這些老闆們險惡的用心！」

「……」

原本寧婉對這種郵件基本是視而不見，但傅崢這麼好奇，她沒忍住掃了掃內容，倒是覺得可以利用起來因材施教。

「來，傅崢，你過來一下。」寧婉一邊這麼想，一邊就朝傅崢招了招手，「既然正好收到年度郵件，那今天我就跟你講講職場求生第一課——如何識破老闆的騙局吧。」

可惜傅崢顯然不太領情，他的臉上露出了一言難盡的表情：「老闆能有什麼騙局？傳鼓勵郵件給妳這多有人情味？怎麼叫險惡用心呢？」

「我這麼和你說吧，你這就是天真，覺得自己和老闆穿一條褲子呢，可其實再好再通情達理的人，一旦成了你的老闆，你們之間就已經有了天然的階級矛盾，老闆的立場就是，花最少的錢壓榨你最多的勞動量，而且，老闆們不會到基層來體驗，比如沒人會覺得做社區律師多難，畢竟都是些目標額不大雞毛蒜皮的小案子。」

寧婉喝了口水，說到這裡，就忍不住自我吹噓下：「你要知道，像我這樣和下屬共進退的上司，基本已經絕種了！」

「……」

「所以現在，對照這封所裡的年度郵件，我跟你講一講職場三大幻覺。」寧婉一邊說一邊嘖嘖稱奇，「你還別說，這郵件還真的是太典型了，簡直是教科書級別的。」

「……」

「來，我念一句，跟你分析一句。」寧婉說完，清了清嗓子，當即閱讀起了郵件，

「『妳是我們正元所團隊最重要的一分子，正如一個大家庭，無法缺失任何一個成員一樣，

we are family』……」

「這一段，完美展現了職場第一大幻覺——老闆很講義氣，把我當親人對待！」寧婉嚴肅認真分析道：「一般給你這種幻覺的老闆，下一步就是要洗腦你，他把你當親人，潛臺詞讓你也把公司當成自己家，但你一聽到這話，就要警覺了，這意思就是，以後你別回家了，可以在公司通宵，然後睡睡袋。」

「……」

「好，我們接著念下一段，『二〇一九年，妳的表現可圈可點，透過自己的努力贏得了合夥人團隊的一致認可，二〇二〇年，也請抓住新的工作機遇，繼續發光發熱』。」寧婉頓了頓，「這就是給你營造第二大幻覺了——老闆很器重我，馬上要讓我升職了！這個幻覺就像是掛在驢面前的胡蘿蔔，聽聽就行了，因為老闆會對每個員工都給出這種暗示，就和渣男一樣，你只是我心動的第十萬零九百八十七個女孩，懂？你以為你是老闆唯一的正宮，但其實你只是個二奶。」

「……」

講到這裡，寧婉也有些感慨：「你知道吧？我第一年進正元，收到這郵件的時候心裡其實挺激動的，你看看，這所多好，都不是群發，是合夥人團隊單獨傳給每個律師的！為每個人量身定做的！頓時就覺得不能辜負老闆的認可！」

「不過半天以後我就冷靜了，因為我發現，單獨傳給每個律師只是形式主義而已，其實每個律師收到的郵件內容都是一樣的……」寧婉說到這裡，敲了敲桌面，「所以你說，這不就是形式主義嗎？這種郵件有什麼好傳的？這就像渣男撩騷一樣，給每個意向的女生都傳一模一樣曖昧的話，其實一點真誠也沒有，那不是誰上鉤誰傻嗎？」

傅崢抿了抿唇，看樣子顯然不信，想要掙扎：「也不能這樣說……」

看看，初入職場的小白都這樣，老闆一句話就恨不得掏心掏肺似的，說到底，還是天真！還是要多敲打！

「那還能怎麼說？總之我們做員工的，要貴在有自知之明，千萬別覺得你對老闆而言是不同的，相信我，你在老闆眼裡，就是驢！郵件裡老闆讚美你是一頭好驢，背地裡指不定在罵，這屆驢不行呢！」

「……」

大約寧婉這麼一番分析，傅崢也終於有些感悟，他的臉色變得有些難看，但猶在抵抗：「老闆也有好的……」

「或許有吧。」寧婉撇了撇嘴，「但寫這個郵件的合夥人肯定不是個好東西，你看看，寫的都是什麼？鬼話連篇，『最優秀的律師，往往是承擔最艱辛的工作還能堅持下來的』。」

「這就不得不提到職場第三大幻覺了，你這樣的職場小白，看了剛才那段話，肯定覺得天將降大任於斯人，必先苦其心志，老闆把最髒最累的活給我，是考驗我，是因為員工裡就屬我可靠，只要我吃得苦中苦，就能為人上人是吧？」

「我告訴你，你一有這心態你就完了，最髒最累的活給你，那單純是因為你最蠢，你不反抗，別想多了。」

寧婉說到這裡，忍不住翻了個白眼：「而且這都什麼老土的話，你說寫信的合夥人怎麼回事？你還不如直白點說，只有吃苦，才能賺大錢呢！這讓人看了動力還大點，說吃了苦能成為優秀律師，大家現在都很懶，思考的時候都不願意轉彎，成了優秀律師能幹嘛？變成禿頭嗎？畫餅就要畫得具體一點，你變強了，不僅變禿了，你還變有錢了！你得寫出這個！簡單粗暴！才吸引人！」

寧婉一邊評價一邊搖頭：「這都是什麼文字水準，難以置信，這樣的人竟然是合夥人！完全不懂員工的心態！」

寧婉說完，再瞟向傅崢，才發現他的臉色越發難看，甚至都有點陰沉。

她內心忍不住嘆了口氣，職場裡最容易黑化的就是傅崢這類人，平時是個傻白甜，一旦突然知曉了社會的黑暗，根本接受不了，三觀都炸裂了，得緩很久才能緩過來。

寧婉正準備安慰傅崢幾句，就聽到他聲音低沉道：「妳知道是哪個合夥人寫這封郵件的嗎？」

「我不知道，所裡有時候會讓高級合夥人輪流寫。」寧婉憐憫地拍了拍傅崢的肩，「但我可以確定，這人是個傻子，我合理懷疑是高遠。」

一瞬間，也不知道是不是寧婉的錯覺，她總覺得傅崢一雙含怨帶恨的眼睛裡，射出了記仇的光芒。

她忍不住勸慰道：「把你的表情收一收，你這仇恨太明顯了，你即便知道了這個合夥人是高遠又怎樣呢？誰叫我們技不如人，人家是金主爸爸？好了，學會識別老闆的騙局是為了自保，那麼下面我們可以進入進階課堂了。」

寧婉說完，打開電腦，當著傅崢的面，開始一字一頓地回覆所裡那封例行郵件——

『謝謝老闆們的鼓勵！我會努力向每位老闆看齊！以所為家，吃苦耐勞，踏踏實實學本事，以成為一個優秀律師為己任！』

在傅崢的目瞪口呆裡，寧婉流暢地寫完，點了傳送。

傅崢果然立刻質問起了寧婉的兩面派：「妳剛不是還三百六十度無死角噴了這郵件？」

寧婉孺子不可教般地看了他兩眼：「這就是我要講的職場新技能——如何對老闆陽奉陰違。老闆說得再傻，你也不要當面反駁，只管感謝就行了，你看看，我這封郵件，是不是能給上司乖巧聽話的深刻印象？」

「……」

「學會了嗎？」

「……」

「你知道什麼樣的下屬最討老闆歡心嗎？不是聰明的，而是笨一點木一點的，你要是太有思想太有個性，在職場裡未必是一件好事，因為這代表你有稜角，你很可能不聽話也不太好糊弄，如果老闆扶持你出頭了，你可能不好管，因為你不夠愚忠，老闆不想替自己培養一個競爭對手或者幫別的所培養未來的律師，老闆希望你是那種只一門心思幹活，別的什麼都不想的傻白甜，所以呢，我們要適度給老闆營造這種形象，在專業辦案領域可以發揮你的能力，但在別的事情上，對老闆的話不要去較真反駁，就嗯嗯啊啊地敷衍裝乖就好了，多拍拍老闆馬屁。」

看著傅崢面無表情的臉，寧婉寬慰地拍了拍他的肩：「沒事，進階課程可能有點難，你回去先消化消化，這都要靠熟能生巧，你要是真的學不會，也可以實際多演練演練，我也不是不能勉為其難幫你當一下實踐對象。」

寧婉大義凜然道：「你那些彩虹屁，就往我身上吹吧！沒關係，我撐得住！」

「……」

傅崢完全被寧婉的厚臉皮震驚了，一時之間都說不出話來。

寧婉卻挺得意，職場小白就是單純，看看，自己今天這番教導後，傅崢內心肯定已經對自己五體投地了：「下次有機會，我再跟你講講怎麼摸魚怎麼甩鍋……」

傅崢抿了抿唇，沉默了片刻，終於忍不住般開了口：「妳案子辦得挺好的，也有能力，就算和老闆之間確實存在天然的階級矛盾，但何必學那些壞風氣，研究怎麼甩鍋怎麼摸魚？」

「你看，你這就是典型沒受到過職場重拳出擊的言辭。」寧婉眨了眨眼，這次是真心語重心長了，「如果能跟著好的帶教律師，能進好的團隊，誰不想好好幹活天天向上呢？可問題是，好的帶教老師和團隊都是非常難求的，很多時候和老闆契不契合也是緣分和運氣，如果你跟了不太行的老闆，你要是沒學會甩鍋摸魚，那別人就會把髒活累活甩給你。」

「如果你跟的團隊風氣本來就不行，要是堅信出淤泥而不染，你只會被邊緣化，沒什麼好處，甩鍋和摸魚有時候是不得已的自保，你學會了，別人要扣屎盆子到你頭上，你就能把髒水甩出去，老闆安排了除了消磨時間但毫無意義和成長性的工作給你，你別像個老黃牛一樣吭哧吭哧就去幹，先甩鍋，甩不掉，那你就要學會忙裡偷閒，把你的時間用到刀口上去。」

寧婉笑了笑：「所以也別看不起甩鍋和摸魚的技能了，我也不想用啊，都是生活所迫。」

這話下去，傅崢倒是安靜了，他像是第一次從這個角度理解了甩鍋和摸魚，臉上露出沉思的表情，就在寧婉以為這傢伙悟了的時候，他就再次給了寧婉會心一擊——

「好的律所不應該讓員工為了自保而學會摸魚和甩鍋，如果是這樣，那這個律所就需要整頓。」

傅崢這話，那語氣那立場，說的跟自己是老闆似的，差點沒把寧婉氣死。

「你還真的是個傻白甜，生活哪有這麼單純，外部環境不好，我就把環境改了？想得倒是美，生活只有我們去適應的分！」

傅崢卻只看了寧婉一眼，語氣挺篤定：「會改的，我保證。」

寧婉忍不住搖了搖頭，自己還是多罩著傅崢吧，幸好現在淪落在天高皇帝遠的社區，不然這種傻白甜，以後入了人際關係複雜的總所，都不知道是怎麼死的！

大概波峰過後就會跟著波谷，忙過此前一陣，這兩天寧婉竟然意外的閒下來了。人忙的時候就盼望著閒，結果真的閒下來，寧婉又渾身不舒服起來，甩鍋摸魚的技能，能傳授給傅崢的，也都傾囊傳授了，眼看著沒事可幹，寧婉都開始看起法院經典判例了。

結果自己在這看案例呢，起身一瞥，傅崢竟然在電腦上看車。

一時之間，寧婉有些恨鐵不成鋼：「好不容易空閒了就該多充充電，看看案子參考下別人的辦案邏輯也行啊，你沒事幹看什麼車啊？傅崢，你給我解釋下。雖然我傾心教授了摸魚技能給你，也沒讓你立刻學以致用啊！」

「……」傅崢顯然沒料到被寧婉當場抓包，一時之間臉上也有些尷尬，畢竟上班時間看車，確實屬於摸魚，於是下意識解釋道：「我看車是因為想買車……」

只可惜他潛意識的真心回答讓他埋下了禍根，寧婉一聽理由，當下冷笑了兩聲：「你以為我瞎嗎？你看的是豪車論壇，買車看這個？你看的那些車都上千萬了！」

「……」

傅崢說的其實並不是假話，他確實豪車收集癮又犯了，本想著社區最近都沒什麼事忙，因此忍不住看了豪車資訊一眼，沒想到失策被寧婉發現，以至於現在被她訓得和個傻子似的——

「傅崢，你最近進步是挺大的，我也知道很多男的確實喜歡看看車，但你年紀比我還大些，時間很寶貴，還是要利用起來啊。」

傅崢早就摸清了寧婉的脾氣，深知寧婉吃軟不吃硬，這種時候順著來就行了，於是露出悲慟羞愧的表情，深深地低下頭，聲音低沉道：「本來是想看二手車資訊的，但不由自主就看到豪車那塊去了……」

寧婉這人特別容易產生同情心，只要讓她同情，不僅不會再訓話，說不定還會主動安慰。

傅崢決定把自己的人設營造好，為了增強真實性，他看向寧婉，臉上露出了些許恰到好處的寂寥感，語氣淡淡道：「我也知道，自己這樣是不自量力，我怎麼配看豪車，我根本買不起，人貴有自知之明，不要肖想不屬於自己的東西，只會加劇痛苦。謝謝妳的提點，我知道了，我下次就專注好好研究二手車就行了……」

自己這話下去，寧婉臉上果然露出了懊悔和自責的表情，手忙腳亂地開始解釋道歉，繼而又表現出了對傅崢二手車買賣的關心：「你對二手車有什麼要求？我幫你一起留意留意？」

這種就是客套話了，傅崢見寧婉果然被轉移了注意力，隨意道：「不要太貴，就代步工具，CP值高點。」

傅崢說完，寧婉果然不再追問了，他也沒當回事，逕自把電腦開到判例網開始勤勉了，結果沒想到過了一個小時，寧婉訊息上推送過來一個網址——

「你看看，這車怎麼樣？」

傅崢皺著眉點開一看，是輛……二手 polo，還是辣眼睛的黃色。

寧婉熱情道：「我找我懂車的朋友幫你在二手車論壇看了一下，精選了幾輛，這輛吧，才三萬！性能也不錯，上路開的里程數不多，是我的首推！」

傅崢看了看，有些一言難盡道：「這顏色……不太行吧……」

「這顏色，極速黃！我知道有些非主流，但是顯眼，平時開著不容易出事故，人家大老遠就瞧見你了，而且就因為這顏色大部分人不喜歡，才便宜這麼多！一般這個車況，別的顏色得四萬呢！」

「現在掃黃，這顏色……我看了心裡有點陰影，而且男人還是開低調的顏色好，換輛白色黑色的車吧……」

傅崢沒想到寧婉說幹就幹，還真的幫自己物色起二手車了，本想靠自己的委婉拒絕打消她的念頭，結果寧婉絲毫沒有氣餒：「我就知道你眼光高，沒事，這輛polo只是我的拋磚引玉，為了先降低下你對二手車的預期，其實下面這輛才是我真正的主推——二手黑色馬自達！」

「……」

「預算稍微高一點，這報價五萬，但是我覺得可以砍。」

看來寧婉是來真的了……傅崢忍住了窒息的心情，艱難求生道：「這……要不然算了，馬自達在同價位的車裡比較小眾，外觀舒適度和內飾都不太行，動力更是差，要不然我還是再存存錢，買輛更好的吧……」

「別別別，你這就是對馬自達的偏見，人家雖然小眾，但品質絕對沒問題，動力雖然遜色了點，但人家油耗低！而且馬自達的操控性是不錯的！這款有個加速度向量控制系統，被稱為彎道之王呢！」

問題是，開過帕加尼的自己，再去開馬自達，還能體會彎道之王的快感？

傅崢早就被各種豪車養刁了口味，別說馬自達，一般的非跑車在他看來開起來都和拖拉機差不多……

只是如今望著寧婉真誠又認真的眼神，聽著她明顯經過了研究的說辭，傅崢覺得實在無法直接拒絕，然而讓他花五萬塊買一輛馬自達？這已經不是錢的問題，這是對他品味的羞辱……

好在急中生智，自己到底是個高級合夥人大Par，傅崢很快就想到了完美的拒絕理由，他假意認真考慮了下這輛黑色馬自達，沉吟了片刻，然後——

「我還是不買車了。」

寧婉果然有些驚訝：「怎麼了？這車不喜歡嗎？不喜歡沒事，我再幫你看看別的，二手車就是要找，只要肯花時間，還是能找到CP值高又實用的車……」

「不是。」傅崢露出深思熟慮後決斷的表情，「我決定不買車了。」

在寧婉愕然的目光裡，傅崢臉不紅心不跳地開了口：「我想來想去，車這個東西，貶值很快，我手頭雖然有了點錢，但是也沒有寬裕到可以想買什麼就買什麼的階段，我覺得男人首先應該有的是房，有了房再談車不遲。」他看向寧婉，一本正經道：「剛才是我太不理智了，現在冷靜下來，覺得比起二手車，我還是更想買房。」

傅崢這話下去，寧婉果然愣了愣，隨即她就笑了起來，臉上頗有些欣慰的模樣：「傅崢！你終於親民了！你有這個想法就很好！買房還是最保值的！何況對你來說，一間房子也是基本需求！」

如此，她果真不再推薦二手車給傅崢了，倒是對傅崢的房子關心地隨口問了幾句，想買多大的房子，有沒有心儀的地段，頭期款湊得怎麼樣……

傅崢也沒在意，隨口應付地編了幾個合理的答案，想買個小戶型的，交通方便的，頭期款嘛，也編造了個不算多不算少，但絕對離自己「想買的房」還差點距離的數字，這樣既回答了寧婉禮節性的關心，也杜絕了她再幫自己看中古屋的可能性，畢竟自己「存的頭期款」，以目前的市價，可買不起自己想要的中古屋。

寧婉果然沒再細問，只關心鼓勵了傅崢幾句，就回頭重新看起判例了。

都說人一天裡能夠集中精神學習的時間是有限的，超過這個時間值，就進入邊際遞減效應了，寧婉看了一上午的判例，一開始還能好好分析，到後面，也有些頭昏腦脹了，眼看著不看案例也沒事可幹，與其在辦公室裡枯坐，下午便跑去隔壁老季辦公室裡聊天了。

老季最近在忙著宣傳防治社區金融詐騙，每天出去貼廣告發傳單，一張臉都晒得更黑了，他忍不住和寧婉吐了一肚子苦水，又講了些社區最近的動向，倒是突然想起了什麼，他神祕兮兮地看向寧婉，壓低了聲音道：「寧婉，我這有個投資發財的好機會……」

寧婉眨了眨眼：「你不是最近宣傳防治社區金融詐騙嗎？怎麼這開口的模式就和金融詐騙似的？」

老季沒好氣地瞪了寧婉一眼：「說正事呢。」

寧婉從善如流給面子道：「什麼發財機會？」

「買房！」

「買房那叫消費！那怎麼叫發財？！」

老季瞪了寧婉一眼：「豎子不足為謀！你們這些年輕人，眼光短淺，以後結婚生孩子，學區房總是得買的，如今趁著房價正好在低谷，買到就是賺到，我手頭啊，現在有個房源。」

老季說到這裡，故意賣了個關子，這才慢吞吞道：「就我們悅瀾社區的房，屋主移民了，現在說家裡要在美國買房，看中了間房子正好缺錢，但那房源也有幾個人搶，為了趕緊把那房產盤下以免生變故，急需用錢把自己國內這房產倒手了，所以聯絡到社區，委託我們寄售他的房呢。」

「因為急著用錢，所以這房子比社區別的房子都便宜點，又是小戶型，以後就算想轉手也方便，妳也知道，我們悅瀾的學區可是容市數一數二的，要不是我自己限購沒名額而且都幫我孫女買好學區房了，我就自己拿下了。」

聽起來確實不錯，老季說的不假，悅瀾社區的房子如果能買下，就算不漲，也絕對保值，而且實用性很高，悅瀾是成熟的社區了，周邊超市、地鐵站、商圈、醫院、學校這些配套設施都齊全，生活確實很方便，為此，悅瀾的中古屋一直相當緊俏，要是真有老季所說的房源，就算不是基本需求，有錢買下來，過陣子房價高的時候脫手，這麼一來一回就能賺上不少錢，倒確實是個發財的機會。

只是……

「可老季，我去年不是都買了個小戶型嗎？手裡也沒錢再買房子了。」

老季果不其然露出一臉惋惜：「我幾個親戚不是沒錢就是沒名額，這麼好的房源，等房子資訊掛出去肯定一下就被搶走了，本來還想著肥水不落外人田呢……」

他是說者無心，寧婉倒是聽者有意，這房子自己不能買，但這種好事，便宜不了自己，也應該便宜自己人，她本來沒多想，如今腦海裡倒是突然冒出個人選來。

傅崢他不是正好沒房，想著存錢買房嗎？悅瀾社區的房子，不正完全符合傅崢想要的條件嗎？他那頭期款原本想買這小戶型的房還差一點，但老季手裡這房源正便宜甩賣，粗粗一算，傅崢存的頭期款只差個幾萬，就能拿下這房子了……

「老季，我們傅崢倒是想買房，這房也合適。」

老季一聽，也來了精神：「那好，小傅這小夥子長得一表人才的，我看著就挺喜歡，那要幫他們牽個線嗎？」

「可有一個問題……」寧婉抿了抿唇，「傅崢買的話，肯定得走貸款，這屋主這麼急著用錢，會不會一定要全額啊？畢竟貸款批下來還要點時間的。」

這是個很現實的問題，老季也皺了皺眉：「這樣吧，我幫妳問問這屋主，能不能走貸款，要是能走，我幾個銀行批貸款的都有熟人，小傅要這房，我打個招呼，走起來很快。」

事不宜遲，寧婉告辭了老季，立刻跑回了自己辦公室裡把這個好消息告訴了傅崢。

「這房子情況就是這樣，總之，完美契合你的要求！價格也真的低了一大截，既然你想買房，那我覺得可以考慮入這間！」

可惜寧婉的激情澎湃看起來並沒有引起傅崢的什麼情緒，他初聽到這消息時也被驚訝得愣了愣，然而之後的樣子雖然表現了恰到好處的積極，但是總覺得並沒有提起太大興趣的模樣……

「雖然這房子確實很划算，我也存了點錢，但一個是對方急用錢未必能同意貸款，另外，就算能貸款，我這頭期款還差了幾萬。」傅崢抿了抿唇，低下頭，用略微低沉的聲音道：「看起來還是只能和這房子有緣無分了。」

這一下，寧婉就悟了，傅崢哪裡是不感興趣啊，原來是不敢感興趣，情緒低落，都是出於囊中羞澀……

「你差幾萬？」

傅崢愣了愣：「什麼？」

寧婉也不問了：「算了，差幾萬最多最多也就九萬，十幾萬的存款我還是有的，你既然想要這房子，這個價位真是千載難得，要是屋主能讓你貸款，我就借給你湊足頭期款，你一舉拿下這房子吧！」

自己這話下去，傅崢臉上果然露出了毫不掩飾的匪夷所思和完全沒進入狀態的茫然：「妳說……」

寧婉點了點頭：「是的！我借你！不要太激動！也不要哭！你只要記住，以後跟著我好好混，用更認真的工作報答我，好好努力早日出人頭地，把錢還了，要是能順帶滴水之恩當湧泉相報就更好了……」

「……」

回答寧婉的果然是傅崢的沉默，都說大部分男人不擅長表達自己的感情，如今這世道，別說親友之間四位數的錢都未必肯借，寧婉這一借就是幾萬塊，這麼大手筆，傅崢果真感動到連話都說不出來了，只用複雜的目光盯著寧婉。

大約太過激動，他的聲音有些乾巴巴的：「妳確定？很多人借錢了可是不還的，這不是一筆小錢，是幾萬塊，我借了錢，妳不怕我跑了？」

看看，傅崢這傢伙，沒想到感情還挺細膩的，而且也有自尊心，都這時候了，換作別人，都趕緊千恩萬謝地順水推舟了，但傅崢卻還認真確認自己是不是想好了，是不是真的要借錢給他。

本來寧婉心裡確實還有點猶豫和顧忌，但傅崢如今這個表現，她倒是堅定了決心，傅崢在唾手可得的利益面前沒有迷失自我立刻露出垂涎三尺的嘴臉，反而冷靜克制，寧婉相信，這樣的人，是不可能借錢不還的。

「沒事，傅崢，我相信你。」寧婉看著傅崢的眼睛，「現在好不容易房價低谷，這間房又便宜，你要是這時候沒趕上買房這波，以後房價暴漲貨幣貶值，你手裡那點頭期款越發不值錢，很多人就因為沒當機立斷買房，一輩子就失去買房機會了，因為薪水永遠漲不過房價，既然你是我的下屬，我能幫一把就幫一把吧！」

傅崢卻抿了抿唇，彷彿還想說服寧婉放棄一般：「謝謝妳相信我，但妳也知道，我家裡比較困難，收入也不高，又是個沒什麼前途的大齡社區律師，幾萬塊也可能要還很久，說不定我見到幾萬塊就道德淪喪跑路了呢？」他真誠勸誡寧婉道：「妳還是別借給我了，我怕我經不起金錢的誘惑。」

可他越是這樣，寧婉就越相信他：「你不會的傅崢，你不是特別想買房嗎？我們就寫個借款協議，幾萬塊而已，未來你慢慢還我就行了，又不是幾百萬，以後你每個月薪水，留下你的生活費，其他都轉給我就行了！」

「……」

傅崢完全沒料到，自己隨口一說，竟然還真的立刻就有完全契合自己「要求」的中古屋出現，寧婉還傻乎乎的一定要借錢給自己，以至於自己現在騎虎難下，完全沒辦法想出合理的理由拒絕。

畢竟從CP值、契合度、便利度、房屋大小來說，這間突然出現的中古屋簡直就像是為傅崢此前隨口一說量身定做的，只要是個正常人，在這種情況下，至少不可能連房也沒看就直接拒絕……

那就只能期待屋主不接受貸款了。

既然都急著用錢到甚至降價出售了，一定不會接受貸款要當場全額付的……

只可惜，這一次，幸運之神顯然沒有站在傅崢的身邊。

幾乎就是幾分鐘後，季主任一臉激動地推開了辦公室的門——

「寧婉，小傅，我搞定了！我找了我銀行的朋友，關係夠硬，貸款一個禮拜就能幫你批下來。」老季一邊邀功一邊笑，「我可是拿我的人品做擔保了，說買家絕對可靠不麻煩，屋主一聽貸款一個禮拜，也覺得還行，就同意了！現在就催我，什麼時候帶你們去看看房？」

老季一番話，正式宣告了傅崢的祈禱落空，寧婉不知道傅崢所想，臉上倒是露出了毫不掩飾的興奮：「傅崢！那趕緊的，反正就在社區裡，約下看房，要是房型什麼的還可以，當機立斷，趕緊拿下！」

「……」

結果傅崢都面無表情了，寧婉還是大力地拍了拍他的肩：「真羨慕你，年紀輕輕就能擁有均價十五萬一坪的豪宅完成階級躍遷！」

傅崢看著眼前的「豪宅」，內心有些絕望，悅瀾社區不算多老，但絕對沒多新，這「豪宅」的外牆面都有些泛黃了，而且這裡所有的小戶型才十五坪！自己家別墅幾個廁所合起來面積都比這個大……

但寧婉階級躍遷這一句倒是沒說錯，可不是嗎？自己就要從坐擁三十萬一坪大別墅一下子掉階到擁有十五萬一坪的老舊破小公寓了，真是可喜可賀可喜可賀。

這屋主大約也是真的急著用錢，老季剛說完沒多久，屋主就當即約定下午看房。

等傅崢反應過來，自己已經跟著寧婉和社區季主任到了房子門口。

沒過多久，屋主也趕來了，他是個看起來三十五六歲的男人，保養得當，穿著打扮挺講究，梳著個大背頭，大概是為了符合自己移民的人設，一見傅崢，就笑著握手問好。

「Nice to meet you 啊傅先生，我一見你這個小夥子就很欣賞的，長得一表人才，very handsome，都說買房賣房有時候也講緣分，既然你是季主任的 friend，那也就是我白勝的 friend了！」

「……」

這一口洋涇浜英語發音還不算，這位屋主骨骼清奇還喜歡中英文混雜著說，傅崢聽他介紹了幾句，實在忍無可忍：「白先生，能方便都用中文嗎？」

白勝本來正滿口這個 house 的 location、transportation 和 neighborhood，一聽傅崢這話，頓了頓，隨即臉上露出了了然的善解人意：「No problem！哎！不不！沒問題！」他笑咪咪道：「不好意思啊，我在美國待久了，講話就是忍不住飆英文，英文語言模式在我腦子裡根深蒂固了，一下子沒意識到你們聽不習慣，我的錯我的錯，我馬上切換中文！」

雖然嘴上說著不好意思，然而這位白勝臉上是一點抱歉都沒有，只有濃濃的優越感，好在在傅崢的強烈要求下，他總算改掉了那可怕的中英文夾雜模式，正正經經開了門。

「我們這棟雖然看起來老了點，是悅瀾一期的，甚至連電梯都沒有，但一共也就六層，住戶少，更安靜，人也沒那麼雜，而且沒有電梯，公設面積也少啊，CP值可高了！」

雖然悅瀾社區對於普通工薪族來說確實已經屬於CP值非常高的社區，但即便急需用錢，能降價這麼多賣，傅崢一開始對房子的預期是很低的，覺得大約是個裝潢很差勁或者維護很糟糕的中古屋，屋主也不願意花錢重新包裝下再賣，因此索性降價脫手了，本來傅崢也準備以此作為切入點，最終找藉口不買這房。

只可惜等屋主把門一開，別說寧婉和季主任，就連傅崢本人，也愣了愣。

出乎意料，這房子保養得非常好，雖然長期沒人居住，但顯然此前屋主打掃過，窗明几淨的，別看屋主本人講話中西結合，但這房子倒是完全用了相當統一的中式裝潢風格，挺有古典風韻，傢俱看起來也都有九成新，搭配也很得體，沒想到這房子從外觀看挺一般，打開倒是相當驚豔。

屋主顯然也對自己這房子非常滿意：「我這房原本準備當孩子未來婚房的，地板也都是環保實木的，光這幾套紅木傢俱就是大價錢，還有這些花瓶啊擺設啊，都是我親自去古玩市場買來的。」

他說到這，看了傅崢一眼：「怎麼樣？不錯吧？」

傅崢存了找藉口不買的心，當即開始瘋狂挑刺，他看了這幾套紅木傢俱一眼：「大紅酸枝、小葉紫檀和黃花梨確實貴，但紅木也分品種，就算同是酸枝木，品種不同價格千差萬別，名貴的酸枝可以到二三十萬一噸，可非洲酸枝、南美酸枝這些，就只有三四千塊一噸，你這木頭，從質地來看，並不是什麼多貴的。」

屋主炸了：「我這可千真萬確從紅木傢俱店花了八十萬買的！收據都在呢！」

「買得貴不代表東西就是真的。」傅崢氣死人不償命道：「畢竟大部分人眼光不行。」

「……」

他沒理睬屋主的情緒，只繼續道：「不說木質，再說這套傢俱的設計，也完全不行，雖然想仿明式，但很多細節都不到位，雕刻和打磨都不行，工藝很粗糙，並沒多高級。」

「還有你既然是中式裝潢，也要講究風水，你這個傢俱的朝向，也明顯不對。」

「這件買來的古玩我可以負責任的告訴你是劣質贗品，你放在玻璃櫥窗裡展示其實有點突兀。」

「雖然全屋整體風格是中式，但這一塊角落顏色搭配有點過分鮮豔，不像是老中式，太偏新中式了，可傢俱又搭不了新中式，你這個裝潢算不上和諧……」

「……」

白勝聽了傅崢一席話，顯然都被氣得快升天了，以這個報價來說，房子品相是很不錯的，拋出去確實是搶手貨，然而這屋主看起來雖然有些高傲，脾氣倒是比想像中還好，即便這樣，倒也沒動氣到把傅崢一行人直接趕出去，只臉色不善地呵呵了兩聲：「小夥子那你眼光也太高了？你這可是撿了大便宜了，要不是我急著用錢，人又長期不在國內，想趁著這次回國幾天順帶趕緊賣了，才不會降價這麼多呢！房子好不好，季主任這種老江湖心裡肯定明白！」

白勝並不知道寧婉和傅崢的關係，但見傅崢板著臉不太好說話的模樣，索性直接轉向了寧婉：「小女生啊，我看妳挺滿意這房子的，要是覺得價格適合，能立刻拍板拿下，我這些傢俱都送你們了，你們小夫妻可以直接拎包入住！日子不要太好哦！中古屋傢俱裝潢放了好幾年早散味了，都不用擔心甲醛！」

結果出乎傅崢的意料，寧婉不僅沒反駁，反而順水推舟地默認了這個身分，只見她微微皺了皺眉，露出了不太滿意的表情：「裝潢各方面都不錯，可惜啊……」

白勝果然疑惑了：「可惜什麼？」

「可惜我不喜歡中式。」寧婉挺像模像樣地嘆了口氣，「房子的價格確實不錯，可中式太老氣太壓抑了，我們兩個年輕人住，以後還要生孩子的，中式傢俱全是稜角分明的，以後孩子會爬會走，還容易撞傷……」

屋主有些急了：「妳可以買防撞條啊！這套全紅木傢俱可是大價錢！我保證這真的八十萬呢！」

「大價錢那是對喜歡紅木的人說的，我又不喜歡紅木，而且就算貼了防撞條，以後這些傢俱也夠醜的……」

寧婉嘆了口氣，煩惱般道：「要是買這房子了，我還要把傢俱都處理掉，這整體的裝潢風格，我也要改頭換面，又要花一筆錢，裝潢了以後還要通風，可能也很久沒辦法搬進來住呢……」

她說完，看向傅崢，朝他眨了眨眼：「老公，要不然算了吧？雖然便宜，但重新裝潢買傢俱也要花不少錢，還不如買個中古毛胚屋呢……」

這砍價的姿勢也太嫻熟了，弄一個狠準穩……

然而就在傅崢內心感嘆之時，白勝開了口，他一臉沉痛的表情，語氣也有些咬牙切齒——

「我也是難得回國一趟，也沒那麼多時間一趟趟帶客戶來看，看你們也算可靠正經人，這樣吧，我吃點虧，家裡的紅木傢俱既然你們不要，那我都拉走，總價再便宜五十萬給你們！真的是跳樓價了！」

結果面對這樣令人動心的 offer，寧婉還是挺鎮定，只見她裝模作樣道：「那我和我老公回去考慮一下，盡快給你答覆。」

又就房子聊了幾句，參觀了下房子的布局，屋主接了通電話，說臨時有事要先走，於是把鑰匙交給了季主任，讓季主任等寧婉傅崢兩人看完房後鎖好再交給自己就行。

寧婉告辭了屋主，等拉著傅崢送別了屋主，寧婉便又跑回房子看了看陽臺，這房子採光也不錯，從陽臺往下看，正是一條林蔭路，說來也巧，剛離開的屋主正好走出門口，也正走在這林蔭道上，此刻他正站在路中間，被個髒兮兮的小孩攔著，動作不耐妄圖甩脫，那小孩也不知道是不是來社區裡收垃圾還是附近乞討的孩子，正死死拽著白勝不放，也不知道是不是跟他要錢，而白勝大約是不想給，正在努力躲開小孩的糾纏，路上還有別人走過，但這小孩像是認準了白勝般，就死盯著他一個。

雖然遭遇乞討要錢確實沒辦法令人愉快，但寧婉看著小孩有些可憐，想跑下樓給小孩點零用錢，然而她今天身上沒帶現金，等跟傅崢要了錢，再從陽臺往下看，小孩和白勝都已經不在了。

沒幫上這孩子，寧婉有些遺憾，不過只要平時這孩子還會到悅瀾社區來，自己就有機會見到，下次再見再好好問問這孩子的情況。

正事當前，寧婉也沒有為小孩這個小插曲分心太久，她又在房內踱了一圈，越看越滿意，剛才白勝在時那種佯裝出來的不感興趣也一下子一掃而光。

她臉上露出了難以抑制的興奮：「賺到了！傅崢！這房子不買不是人！」

寧婉一說到這裡，就有些忍不住表揚傅崢了：「你說你這人吧，平時看起來有點不親民，沒想到關鍵時刻這麼機靈！」

「？」

寧婉白了傅崢一眼：「裝什麼傻呀？你剛才那麼拚命數落那傢俱不好，胡謅了什麼一堆紅木品種的，還各種挑刺裝潢風格的，不就是為了打壓對方壓價嗎？」

她感嘆道：「我本來還想給你使個眼色讓你就算滿意也別太早亮出底牌呢，沒想到你比我還狠，把屋主臉都快說綠了！下次也要適可而止啊，要不是屋主脾氣還算好，不願賣你了，那你才是偷雞不著蝕把米！」

「……」

「…………」

傅崢很想說，自己那些話是真心的……這房自己真的不想買……

只是沒想到那屋主不僅沒把自己趕出去，還更進一步降價了……

「行了行了，現在別裝了，剛才演技不錯，裝得和真的不想買了似的，也難為你了，心裡應該抓心撓肺恨不得當場簽合約吧？」寧婉笑嘻嘻看了傅崢一眼，「你看要不要就趕緊敲定了？這屋主要是再帶人看房，肯定很快會被人訂走。」

老季也在一邊幫腔：「是啊小傅，這房是真的不容錯過。」

寧婉也加碼道：「那些紅木讓他搬走就行，就算真的有八十萬，也沒必要用這麼貴的傢俱，我認識一家二手傢俱店，到時候幫你買傢俱，很多七八成新，價格美麗，也早就沒甲醛味了，一下子節省五十萬呢！多好！」

「……」

這兩個人你一言我一語，確實毫無保留得苦口婆心，以至於傅崢面對兩人真誠的眼神，完全沒辦法說出個不字……

這一刻，他的腦海裡交叉閃過自己貧瘠的知識儲備裡少有的幾句雞湯——

有時候人說了一個謊話，就要再說一百個謊話圓。

而人生的真諦，是自己選的路，跪著都要走下去……

在寧婉和老季的「夾擊」下，傅崢當晚低下了昂貴的頭顱，含淚屈辱地點頭決定買下這間十五萬一坪的「豪宅」。

錢不是問題，問題是這房子說出去真是有損自己的格調，好在除了寧婉和這個季主任，也沒人知道……

而因為季主任的幫忙，一旦和屋主確定下買賣條款協議後，貸款確實批得很快，沒幾天，房子過戶、付款竟然都順順當當全辦好了。

等傅崢反應過來時，自己已經捧著一張寫著自己名字的房產證了。

他突然覺得有句話誠不欺我，人啊，只要活得足夠長，什麼事都可能發生，自己作為一個高級合夥人叱吒風雲，沒想到竟然在三十高齡買了這一間老舊破小的房子……

不過對於自己買房這件事，寧婉倒是顯得比自己這個當事人還高興：「對了，今晚我請你吃飯，慶祝下你正式從無產階級變成有產階級！」

這倒是令傅崢有些意外，因為自己號稱買房頭期款不夠，寧婉最後還借了三萬塊給自己，他也才知道此前她聲稱的那十幾萬存款都是她存的備用金，平時自己根本不會輕易啟用，只留著為了應付自己或者家人身體意外或者突然出現大件採購需求這類，因此竟然直接借了自己三萬，這真的是大手筆了，理論上應該是自己請她吃飯，結果反而是她先提出來了。

「別拒絕！也別客氣！地點我訂好了，我好歹是你上司，賺的也比你多，最近剛好之前一起參與的總所案子結案分紅了，又有了點額外小收入，手頭最近還挺寬鬆的。」寧婉挺豪爽，「倒是你，以後是房貸一族了，更要好好幹啊！」

傅崢再三推辭也無法，最終只能恭敬不如從命，只是等他跟著寧婉一起坐地鐵再走了一段，才發現，寧婉今天帶自己來的竟然是早前那家小眾西餐廳……

寧婉發現今天的傅崢有點奇怪，拿到房產證後，他好像有點太高興了，以至於都有些神情恍惚，恍惚到要不是寧婉知情，都要以為他是受了什麼不得了的刺激。而如今，他激動過頭後遺症好像更明顯了，在自己訂下的小眾西餐廳門口，竟然死活不肯進去，明明上次他死活都不肯走……

這西餐廳寧婉上次上網特地查過，口碑確實挺好的，都說飯菜口味一級棒，但就是貴了點，她自己吃飯從不會來這麼奢侈的店，也是正好發了個額外的分紅，手頭寬裕了一點，才咬了咬牙決定的。

自從上次連催帶訓地把傅崢從這店裡拉出來後，寧婉一直有些自責，覺得對傅崢太狠了，傅崢上次明顯就不想離開這店，也明顯不想只點一個沙拉就走……

雖然自己拉住了傅崢失足劃向消費主義的深淵，但都說人活著如果沒夢想，那和鹹魚有什麼區別，雖然奢侈是奢侈，但人啊，誰還不能有個念想呢？何況吃頓美食，好歹自己的味覺享受到了，和打遊戲這種玩物喪志浪費時間不一樣，生活都這麼苦了，偶爾犒勞一下自己也不是完全不能理解……

對此，寧婉自上次起就一直挺在意，如今有了錢，就想著彌補下傅崢，完成他好好在這餐廳裡吃頓飯的願望，如今正好慶祝他買房，也算一舉兩得。

只是沒想到傅崢對此卻表現出了十二萬分的拒絕：「算了吧……」對於寧婉花大價錢為他準備的這個驚喜，他臉上一絲快樂也沒有，只有乾巴巴的不自在，「我想了想妳說得對，我的消費水準還沒到這地步，也不會因為在高級餐廳吃了頓飯就提升自己的格調，沒有必要浪費錢……」

傅崢這話，不說還好，一說，讓寧婉心裡更自責了，雖然有些少爺小脾氣，但傅崢其實還挺誠懇的，也知錯能改，本來他有個不切實際的夢想，至少也是個夢想，結果如今被自己打擊得，連夢也不敢做了！

「愛拚才會贏，敢想才能行！」不管怎麼樣，寧婉是打定主意了，今晚要幫傅崢重拾信心，「我帶你吃！」

「……」

傅崢自然是拒絕再進這家店的，上次的經歷讓他有了心理陰影，他永遠忘不了自己全程只點了一個沙拉後服務生疑惑的眼神，更忘不了自己付錢時拿著那張兩百元帳單時的尷尬，他只希望自己這輩子永遠不會再踏進這家店……

只是事與願違，因為作為常客，店裡的好幾個服務生都認識他，寧婉拉著他推開門的一剎那，就有好幾個相熟的服務生看過來……

這個剎那，傅崢只在心裡祈禱，讓自己死了算了。

只可惜死自然是不會死的，寧婉拉著他坐了下來，很稱職地履行一個請客人的義務，把菜單遞給了傅崢：「你點吧，想吃什麼點什麼，我請！」

她說完，也打開了菜單，然後傅崢看著她的表情從還算淡定到尷尬到有些坐立不安，也是了，上次她看菜單，也只是草草掃了眼，大概除了留下個貴的印象，並沒記住具體的金額，如今放話讓自己隨便點，再一看每道菜的價格，心裡大約是後悔了。

傅崢很清楚寧婉的收入構成，雖然自給自足，但完全算不上寬裕，要支撐兩個人在這樣的餐廳裡吃一頓正式的完整西餐，確實是很大一筆支出，剛才還豪情壯志讓自己隨便點，看見價格大概是退縮了，就在傅崢以為寧婉要出言改口之際，她卻咬了咬牙——

「沒事的，我付得起，雖然你還是個律政新人，但我已經是個資深律師了，請得起，你想吃什麼就點什麼。」

「我以前其實也吃不起這麼貴的餐廳，律師實習期間錢真的不多，還辛苦，但這行是講資歷的，只要努力下去，經驗累積足了，以後會越來越好的，所以你踏踏實實幹就行了，未來這樣的餐廳靠你自己的收入就能來了！」

明明手頭也挺緊，還借給了自己幾萬塊錢，其實很心疼錢，過得也很節儉，但還逞強說沒事讓自己隨便點，在律師裡也不算多混出頭，但還一本正經地努力鼓勵自己……

其實認真分析起來，寧婉這樣的只能算是律政界的底層，因為沒有一流的畢業院校和出身背景，即便僥倖進入了一流事務所，也沒有進入一流的團隊，完全是屬於邊緣化的員工。

這幾年或許她還能自我安慰如今年輕，多磨礪兩年，未來還有無限可能，但傅崢比任何人都清楚，律師行業非常現實，沒能開個好頭，未來再扭轉逆襲的可能性太低了，社區案件雖然是鍛鍊人的，但如果一直蹉跎下去，永遠沒有接觸高端案件的機會，再過幾年，未來的職業路徑也會受到很大限制。

傅崢比寧婉經歷得多，看得也遠，以往他對這些員工並不會有任何的惋惜，畢竟任何一行競爭都是這麼激烈，行業裡只有百分之二十的人能成就自我，百分之八十的永遠是炮灰和分母。然而這一刻，他看著明明沒什麼錢還努力咬牙想對自己好的寧婉，心裡有一些複雜的情緒。

有點可憐。

有點心疼。

寧婉像個故事裡的配角，而傅崢就像穿書的某個主角，坐擁上帝視角，其實早就知道了寧婉這個配角最終炮灰的人生命運，然而這個不知情的配角本人卻還在努力活著，還對未來充滿幹勁……

一開始傅崢沒有在意，但久而久之，才發現自己不知道什麼時候被配角的情緒感染了。

他再次開始後悔跑來社區，因為一旦和某個人交往過密，一旦了解她的生活，了解她的愛好，了解她一切一切的細節，人的情緒和決斷力都會受到影響，他離寧婉太近了，過了安全的距離。

於是他不希望寧婉得到那種炮灰的結局。

因為會捨不得。

傅崢抿了抿唇，再抬頭，就這麼直直撞進了寧婉的目光裡，她有一雙清澈乾淨的眼睛，看見傅崢看自己，便露出了毫無心機的笑：「想好點什麼了嗎？」

傅崢點了點頭：「嗯。」他叫來了服務生，「一個沙拉就可以。」

雖然最終和上次點的一模一樣，服務生再次露出了愕然的表情，但這一次，傅崢的心裡卻沒有尷尬和別的情緒，也沒再覺得服務生的目光讓他難以忍受。

「只點一個沙拉嗎？」

「嗯，沙拉就夠了。」

可服務生接受了走了，寧婉卻不接受了，她瞪著傅崢：「沒事啦，你多點一點，點個主菜我還承受得起啊，別幫我省錢！」

傅崢斂下視線，鎮定自若地撒謊道：「我真的不太餓，一個沙拉就足夠了，而且最近輕食控制體重，體檢說我體脂比較高，西餐的主食熱量太高了。」

「你這個身材，還體脂高？？？」

面對寧婉的疑惑，傅崢冷靜地點了點頭：「嗯。」

「……」

傅崢這輩子沒想過自己竟然會節儉到吃西餐只點一個沙拉，只是他一派怡然自得，寧婉卻很擔憂：「真的沙拉就夠了嗎？要不要再加點東西？」

「不用，餐前麵包也很好吃，夠了。」

傅崢在吃穿上一直非常精細也從不願意委屈自己，但如今來西餐廳卻只吃一個沙拉和免費餐前麵包，他竟然覺得心情挺舒暢。

可惜他這樣說，寧婉反而更主動了，她像是捨不得傅崢這麼懂事這麼吃苦似的，叫來了服務生，雖然面對價格表情有些掙扎，但最終還是點了主菜和例湯：「你能這個價格拿下房子，我是真心替你高興，這些日子來社區裡的事，你也真的幫了很多忙，我就想請你吃個飯，你不要覺得貴就不點，難得過來，我幫你點。」

「……」

為人誠懇熱情，工作積極主動，抗壓能力強，具有協作精神，能向有資歷的同事學習，同時能關愛新人，團結友愛，尊師重道，與人為善，性格開朗，思緒開闊，語言溝通能力強，善於談判，為人有原則……

早先傅崢對寧婉寫來自薦信裡的自我介紹嗤之以鼻，然而此刻卻覺得，她說的倒也沒錯，雖然畢業院校和履歷是差了點，但人意外的還挺不錯。

沒多久，寧婉點的例湯和主菜就陸續上了，傅崢一邊動作優雅地切著牛排，一邊忍不住抬頭看寧婉，她正微微皺著小巧的鼻子，努力又笨拙地切牛排，看起來不常吃西餐，並不熟練的樣子，見了傅崢的視線，撩了撩頭髮，很不好意思地移開了視線——

「平時不太吃西餐……」

傅崢以往接觸的女性從來都像已經完美的成熟品，她們西餐禮儀優雅，能品紅酒，能談併購，什麼高大上的話題都能信手拈來，像已然盛放的花，而寧婉，更像是含苞待放的花，某種程度上還帶了點青澀。

傅崢從前喜歡和老練成熟的人溝通，覺得比較省事省時，只是如今看著寧婉，倒覺得她這樣也有一些可愛，完全不讓傅崢覺得麻煩或者討厭。

他細細切好了自己的那份牛排，然後端給了寧婉：「幫妳切好了。妳那份給我就好。」說完，換走了寧婉前面那盤牛排。

寧婉果然笑起來，她又起一塊傅崢貼心切好的牛肉，一邊吃一邊鼓著腮幫子真誠道：「謝謝你啊傅崢！」

她笑得有些沒心沒肺，然而傅崢卻覺得自己隨著這個笑有了些心悸的感覺。

這個剎那，傅崢突然意識到，寧婉說的其實都是對的。

她當初如果在履歷上貼上照片，自己或許會因為她的漂亮把人留在團隊，光是她的笑，他就很受用。

雖然這最終並不是一頓正式全套的西餐，即便點了主菜，也相當克制，沒再點別的，傅崢甚至根本沒吃飽，卻還是一口咬定都吃撐了，然而意外的，他的心情還不錯。

寧婉這頓飯吃得心情也相當好，如今她越看傅崢越順眼，覺得自己這新收的下屬哪哪都好，自己借錢給他買房真是值得的，而這種認可在得知傅崢假意去廁所實際把單都買了以後，就更加強烈了。

傅崢倒是挺自在：「買房還多靠妳了，這頓應該我請。」

可這樣的話，對於傅崢的買房之喜，寧婉好像都沒送什麼東西了，不過……

一想到禮物，寧婉倒是突然想起來，她從包裡找了找，掏出個首飾盒子，遞給了傅崢：

「之前早就買了，就是忘記了，現在正好想起來送你。」

傅崢果然愣了愣，如果沒記錯，這是卡地亞的首飾盒，他打開一看，更愣了，裡面躺著一枚卡地亞的男士戒指。

這……

雖然現在很流行女追男，但跳過表白直接拿戒指求婚是不是太過火了一點，即便傅崢知道自己確實相當有人格魅力，也被寧婉這樣的操作震驚了……

「妳的意思是……」

寧婉做出了這麼驚世駭俗的事，如今表情竟然還很鎮定：「我目測了下你手指的寬度，你戴上試試，應該差不多。」

傅崢有些心跳加速，他故作冷靜道：「那妳想要我戴哪根手指？」

寧婉用「你懂的」目光看了傅崢一眼：「這還用說，當然是戴左手無名指啊。」

「！！！」

戒指戴左手無名指意味著已婚啊！

傅崢心情複雜地看向寧婉：「妳……這是不是太快了？」

「啊？」寧婉卻根本沒理解傅崢所說，逕自把戒指拿出來套到了傅崢手上，「社區老阿姨太多，想幫自己親戚孩子介紹對象的，想替自己找第二春的，肖阿姨過後，你不是還招蜂引蝶吸引了兩個阿姨嗎？雖然我以前說過你是我的人，但很多老阿姨是勇者級別，很樂於挑戰替自家親戚或者女兒撬牆角的，我想著這樣下去不行，所以上次就順手幫你買了這個戒指，你以後戴上，戴在婚戒的位置，能減少一半的麻煩！」

哦……

不過……

傅崢看著卡地亞的男士戒指，咳了咳，佯裝不在意地問道：「原來妳這是特地買給我的，謝謝妳有心了，妳破費了。」

雖說不是表白，但一出手就直接一個卡地亞男戒，可見寧婉為了自己真是捨得下血本，看著眼前的戒指，再聯想一下此前寧婉借錢給自己買房，傅崢心裡有一些了然。

雖然隱藏了身分，但自己到底比較優秀，骨子裡的東西是遮不住的，不僅折服了喪偶老太太，眼下顯然也把寧婉折服了。

而像是為了驗證自己的想法一般，對於這個價格不菲的戒指，寧婉只雲淡風輕地搖了搖頭：「小意思！沒多少錢！」

雖然寧婉買給自己的是卡地亞最基礎簡單的戒指款式，但即便這款，專櫃也需要七八千，以寧婉的收入……

傅崢真心實意的有一些感動：「沒想到我在妳心裡這麼值錢。」

「？」

可惜這一番場景看在寧婉眼裡卻不是這麼回事，她忍不住在心裡緩緩打出了一個問號，看向傅崢的眼神更憐愛了，這男人以前家道中落到底遭到了多少苦難？

竟然只覺得自己和這戒指差不多價錢，這日子過得多慘啊！

傅崢戴上了戒指，但沒什麼實感，以至於等洗完澡擦乾頭髮瞥了手指一眼，才發現自己竟然一直戴著這卡地亞，他細細打量了下自己的手，覺得自己戴戒指還真的挺好看的，而看著戒指，不免又要想到寧婉。

傅崢有些失笑，她有時候真的是另闢蹊徑，連戴個婚戒以規避社區裡的爛桃花運都能想出來……

傅崢覺得就算是為了報答寧婉花七八千買卡地亞給自己這件事，自己也該有所表示，他想了想，打開了郵箱……

而等他寫完給寧婉的郵件，電話正好響了，高遠對自己手頭的併購案又有一些疑問，等傅崢和他分析完案情又隨便聊了幾句，時間已經不早了，以至於最後傅崢又忘記戒指這回事了，戴著戒指就睡覺了。

只是傅崢怎麼也想不到，有時候睡一覺，人的命運就改變了……

第二天，傅崢是被手指上的瘙癢感弄醒的，準確來說，是既有些癢也有些刺痛，等他睡眼惺忪看向手指，第一反應是自己還在做夢——

他那根骨節分明纖長好看的手指，變得又粗又腫，有點紅還有點綠？

傅崢下意識就是揉了揉眼，可直到視線清晰，自己眼前這根腫得醜到不行的手指也沒有消失，而手指上傳來的刺痛和癢倒是越發嚴重了……

這竟然真的是自己的手指！

圍繞著那卡地亞的戒指，自己那根手指四周接觸戒指的皮膚全部變得紅腫，輕輕一碰，就覺得瘙癢難耐……

垃圾卡地亞，品質竟然這麼差！！！

傅崢忍著怒意摘掉了戒指，然後起床洗漱，現在有些高級奢侈品真是過分，這一看就是戒指的材質有問題，才引發了皮膚過敏。

卡地亞，傅崢決定要告到它的高管連自己媽都不認識。

寧婉趕到辦公室的時候，傅崢已經坐在座位上了，他的表情相當陰沉，看起來像是遊戲裡反派大boss狂暴化前最後的寧靜，正在洩憤般動作用力地用一隻右手敲擊著鍵盤打著什麼，寧婉好奇地湊過去一看——

「起訴書？你要告誰？」

傅崢惜字如金：「卡地亞。」

告卡地亞幹什麼？卡地亞怎麼了？

寧婉還沒來得及細問，傅崢便看向她開了口：「妳昨天買給我的戒指，銷售發票、產品驗證書和保固手冊，給我一下。」

「？？？」

傅崢大白天在做夢嗎？地攤上五十塊錢隨手買的而已，哪裡還有什麼銷售發票、產品驗證書和保固手冊啊？？？

傅崢見寧婉不言語，也移開了視線，有些不自然道：「出這種事，我知道妳也很無措，妳放心，妳為我買卡地亞的這份心意我領了，出了品質問題這不是妳的錯，但我們既然是律師，維權還是要維的。」

「？？？」

傅崢沒在意寧婉臉上的茫然，只抿了抿唇繼續道：「往好處想，這也未嘗不是壞事，卡地亞這樣的品牌品質問題造成皮膚過敏，告的話，我有把握可以拿到很高額的賠償，只需要在輿論運作上再配合一下……」

只可惜傅崢一臉我要報仇雪恨的堅毅表情，寧婉卻完全不明所以：「傅崢，你發燒了嗎？都在說什麼胡話呢？」

「……」傅崢頓了頓，像是不想說，但最後又沒辦法一樣，「妳買給我的卡地亞……我昨天戴了以後，皮膚過敏了……」

寧婉腦海裡先是閃過了一串問號，接著是一串驚嘆號。

傅崢過敏了？？？不是，自己什麼時候買過卡地亞給傅崢了？？？還是過敏會導致神經錯亂？？？

不過當務之急是先關心傅崢的身體，寧婉有些著急道：「你哪過敏了？我看看！」

傅崢卻有些不自在：「算了，沒什麼好看的，我等等會去醫院，最好能確診是戒指引發的皮膚過敏……」

既然是戒指引發的皮膚過敏，那……一定是在手上了！寧婉一看傅崢如今這坐姿，只有右手放在桌上，左手則放在桌下，剛才打字也只用了右手……

「左手伸出來我看看。」

「不要。」

「我看看多嚴重！看一眼就行！」

結果傅崢還是轉頭拒絕：「不要。」

寧婉沒辦法，只能直接不容分說就去拉傅崢的手，結果傅崢也不知道怎麼回事，這種時候像個小媳婦似的竟然扭捏起來，死活不想給寧婉看的模樣，兩個人四目相對，經過了一番角力，寧婉才終於把他的左手從桌子下面拽了起來——

寧婉看著眼前腫得有些粗的手指，一時之間瞪大了眼睛，這過敏得有點厲害啊……

而傅崢幾乎是立刻甩開了寧婉，又把手藏到了背後，然後他移開了視線，聲音不自然道：「妳還是別看了，要記住我平時手好看的樣子，這時候太醜了，不是我一貫的正常水準……」

都這時候了，還糾結醜不醜呢！

寧婉快急壞了：「我帶你去醫院！」

傅崢卻很堅持：「妳把銷售發票、產品驗證書和保固手冊先給我，等我寫完起訴書，不能這麼放過卡地亞。」

寫什麼起訴書啊！人家卡地亞是無辜的！！！

寧婉搓了搓手，乾巴巴道：「這個……你說的這些……其實是沒有的……我們還是先去看過敏吧？」

可惜傅崢卻不依不饒了：「怎麼會沒有？堂堂卡地亞，就算品牌品質這麼差，好歹全套的售後得有吧？」

「這個……這個其實……我買的……不是卡地亞呢……」

傅崢果不其然皺起了眉：「什麼？」

「就……我買的其實不是卡地亞。」

「不可能。」結果傅崢還不信了，他看向寧婉，「妳別覺得卡地亞是大品牌就覺得我們碰不過他們的專業法務和律師團隊，律師該較真的時候還是要較真，我清清楚楚看到妳給我的戒指，盒子用的是卡地亞的，戒指的設計也是卡地亞最基礎的款式，而且指環內部還明明白白刻著 Cartier 的字樣，怎麼就不是卡地亞的了？」

「……」寧婉組織了下措辭，「就……你不買首飾可能有所不知，現在吧，就國內挺多廠家，喜歡跟風國外大牌，比如做一下人家那外包裝的仿款啊，按照人家的產品款式搞個相似的啊……」她清了清嗓子，「當然，其實只要你再仔細分辨下，還是能從品牌和仿款裡找出細節不一致的，但這需要你非常非常的仔細……」

寧婉暗示地看向了傅崢：「你要不要再翻過來看看這戒指指環裡到底刻了什麼字？」

傅崢皺著眉，顯然還是沒反應過來。

看來只能自己重拳出擊讓他清醒了……

「你戒指呢？」

傅崢指了指桌角，寧婉便從包裝盒裡拿出了戒指，她把指環內部湊到傅崢面前：「你看到這個刻了什麼字了嗎？」

傅崢莫名其妙：「Cartier 啊。」

「你再好好看看！」寧婉把手裡的戒指又湊近了些，「你看，人家這第一個字，不是C，看看這個C後面，是不是還有一點？」她振聾發聵道：「這是 Gartier，不是 Cartier，你不能因為G和C長得像，就起訴人家 Cartier 對不對？」

「……」

「…………」

「……………」

傅崢一開始沒反應過來，但很快，他的臉上就露出了極度的震驚以及恍惚，他死死盯著這戒指裡那一行刻字，咬牙切齒道：「G-a-r-t-i-e-r？」

「妳沒買 Cartier 給我？」

寧婉完全不敢直視傅崢的雙眼，只移開了視線佯裝看窗外的雲：「這個嘛……東西不在乎貴賤，主要在乎的是心意……你看，我看到地攤上有賣戒指，第一時間想到幫你買個讓你用來擋爛桃花，這是什麼樣的情誼？對不對？我們是律師，思考問題最重要的是角度，是不是？」

只可惜自己這一番引導，並沒有成功開導傅崢，他死死地盯著寧婉：「所以這是妳買 Gartier 給我的理由？這個……」傅崢一臉快升天的表情，「這個 Gartier，多少錢？」

「你確定要聽實話？」

傅崢揉了揉眉心，一臉肅殺：「說。」

這人，一嚴肅起來倒還挺有點架勢的，寧婉老實交代道：「那個地攤老闆要價兩百塊，但是我討價還價，最後五十塊錢拿下的……但你別說，人家這設計得確實可圈可點，很精緻，只是我也沒想到材質有這麼大問題……對不起對不起。」

五十塊錢……

傅崢這一剎那，差點氣到升天，他可真是陰溝裡翻船，不過就是收到個疑似卡地亞樣式的戒指嗎？至於高興得都沒好好看細節嗎？如今仔細一看，才發現自己當初也真是被豬油蒙了心，這哪裡像卡地亞了？樣式是挺像，但做工還是粗糙了許多，材質也明顯不對，而自己此前竟然還感謝寧婉，感嘆沒想到自己在她心裡這麼值錢，為此甚至感動之下用自己大Par的身分回了郵件給寧婉！呵，自己在她心裡是真的值錢。

值五十塊錢！！可真多啊！！！

「我沒想騙你，我想反正是個用來擋爛桃花的，我也沒注意什麼卡地亞不卡地亞的，就看這款式還行，平時隨便戴戴的，我也沒想到竟然會過敏成這樣！」寧婉一邊反省，一邊也挺自責，「對不起啊，我不知道你這手還挺嬌嫩的……我以前在那地攤也買過瞎戴過，沒出什麼事……可能我皮比較厚……」

她一邊說，一邊拉住了傅崢健康的右手：「走吧走吧，我帶你去醫院看看。」

「……」

寧婉沒想到傅崢一直以為自己買給他的是卡地亞，如今得知不是，還為此過了敏，表情很是難看，好在很快就排到了號找醫生看了病，診斷過後僅僅是簡單的過敏，稍微吃點藥再護理下皮膚過敏處就好了。

只是醫生說了沒事，寧婉卻還是有點在意，畢竟傅崢這手指，都腫成這樣了，趁著傅崢去拿藥的時候，寧婉有些忍不住：「醫生啊，你看，你說這紅色的是過敏腫的，但這綠色呢？我朋友這手怎麼不僅有紅色，還有點泛綠啊？是不是毒入骨髓啊？」

醫生挺有耐心，解釋道：「應該是掉色，這戒指裡有銅的成分，可能沾了水，沒什麼問題，正常用藥就好。」

掉色？能掉成這樣，那肯定是沾水沾了挺久的，那麼……寧婉不傻，如此就只有一種解釋了——傅崢戴著戒指洗澡了。

他連洗澡也不想摘掉戒指！哪怕一分鐘也不想和這個戒指分離！

這麼一想，寧婉更心疼了……這男人，到底多想擁有卡地亞的戒指啊！結果自己竟然送了他一個 Gartier！

這可真是聽者落淚聞者傷心……

心疼……

等自己有錢了，送他真的卡地亞吧……

等傅崢看完了手拿完了藥再回到辦公室，還黑著張臉，挺悶悶不樂的樣子，寧婉準備給他點時間自我開解，於是坐在一邊開電腦準備看下所裡有什麼業務諮詢郵件沒回，結果她一刷新郵箱，看到了一封完全讓她不敢置信的郵件。

那位神祕的大 Par ！竟然寫了一封郵件給寧婉！！！就在昨晚！！！

寧婉幾乎屏住了呼吸，她激動得感覺腎上腺素快要爆炸，手指都有些微微發抖地點開了郵件。

雖然不是向她拋出可以加入團隊的橄欖枝，但對方在郵件裡竟然非常主動地鼓勵了寧婉——

『因為妳的專業背景和履歷裡對商事案件的辦理經驗幾乎為零，是不可能破例直接進入我的團隊的，但我願意給妳一次機會展現自己，下面這個案情分析是我從以往我辦過的案子裡簡化梳理的，如果是妳，妳會怎麼處理？三天內給我妳的想法和解決方案。』

在這封簡潔的信件正文後，附上了一個 word 檔案還有一些 PDF 掃描證據頁，寧婉懷著激動忐忑的心情點開，才發現，word 裡非常貼心細緻地羅列了案情，而 PDF 裡則是用馬賽克模糊掉具體案件隱私細節的證據合約和文件。

寧婉越看，心裡的情緒就越澎湃湧動：「人間自有真情在！這個大 Par 我愛了！」

她這番激動的模樣，果然引起了傅崢的注意，他抬頭看了她一眼。

寧婉忍不住想要炫耀，頓時拉住了傅崢：「你知道我收到了誰的郵件嗎？」

傅崢大概是無法理解寧婉的快樂，又因為手過敏了，連虛假營業的笑容也沒露出來，好在寧婉心情舒暢，也根本不在意他捧不捧場。

「我們正元所有一個大 Par 要加入這你知道吧？現在這大 Par 主動寫信給我了！！！還鼓勵我！！出題給我了！！這是不是要給我特殊待遇了？」寧婉開心得連聲音都顫抖了，「一定是我的誠心感動了天地！！！一定是我的努力得到了回報！！！一定是我的馬屁拍到了點上！！！」

只是寧婉激動不已，圍觀全程的傅崢卻只想冷笑。

呵呵。

不是妳的誠心感動了天地，而是我傅崢瞎了眼，錯把 Gartier 看成了 Cartier……

第九章　三十歲廉價勞工

寧婉並不知道這裡面的曲曲折折，她的臉上洋溢著真實的快樂，充滿了春風得意的幹勁，很快就盯著電腦咬著筆尖開始研究起案子了。

這位大 Par 給了她三天時間，但寧婉愣是當晚沒睡，熬了大半夜，把自己的辦案想法和邏輯都理了理，然後詳細寫了一份方案，回給了對方。

這樣做以後，雖然很忐忑，但寧婉倒是沒有特別期待能在短期內收到回覆，大 Par 都很忙，每天處理工作郵件就焦頭爛額了，能撥冗寫郵件給她就足夠讓人感動了，她這個郵件肯定不會有優先權，至於回覆，她慢慢等著就行了。

然而令她非常意外的是，第二天一大早，當她坐在辦公室裡正寫著社區案件札記，她就收到了對方的回覆——

檔案裡用追蹤修訂非常仔細地修正了她方案裡的錯誤，寧婉考慮時的疏漏，以及實踐操作裡的注意點，並且還提供了另外一種操作方案，最後，對方甚至細緻到連法律文書的格式、標點符號，都一一替寧婉做了修改標注。

「很多時候，一個律師的專業程度除了她拿出的文書內容品質，外在的格式表現也很重要，客戶寧可接受更高的律師費也想和很多大所合作的原因，除了對方的服務更專業外，重要的是提供的文書格式更清晰和一目了然。」

「大部分新人律師之間能提供的業務品質差距不一定很大，但專業程度的差異性就表現在文本的專業化程度上，妳的方案想法可圈可點，但格式和細節上，也應該多注意。」

「這個案子妳給出的整體解決方案可以打七十分，可以試試更有挑戰性的案子，稍等我會把案子資料寄給妳。」

寧婉一邊讀，一邊感動得恨不得哐哐撞大牆：「傅崢，你聽到沒？你聽聽人家這個工作態度，你聽聽人家這對小律師無微不至的關懷！難怪人家能當大Par！這是人性的光芒！這是老闆中的特例！是我人生的指明燈！」

可惜自己這邊感動得不要不要的，傅崢卻沒任何受到感染的表情，不僅如此，寧婉剛才就發現了，從今天她一來上班開始，傅崢就一直盯著手機，手指翻飛在打著什麼，像是在回什麼訊息，今天沒什麼案子，他又沒有總所的業務，大概是在激情聊天，寧婉剛稍微離他近一點，他就見不得人似的離開了當前的頁面。

「你在聊天？」

傅崢不自然地點了點頭：「嗯……」

寧婉得到了大Par的提點，本來眉飛色舞的，結果看到傅崢這麼不上進，一下子就憋不住了：「傅崢！你剛背上房貸呢，要多努力了！你看看人家大Par，這麼早就抽空起來回我郵件了，你呢！你還在找人聊天！」

傅崢移開了目光，咳了咳，不自在道：「人難免偶爾分心，看著手機就有忍不住聊天的時候吧……自己控制不住……」

一說起這，寧婉就有些恨鐵不成鋼：「雖然最近社區是沒什麼事，但你真的要嚴格要求自己，去，找案例看。」寧婉建議道：「要不然你把手機給我，我幫你設個開機密碼？我自己有段時間也是看手機搞得分心注意力不集中，自制力也是不行，後面也是找別人幫我設個開機密碼，強行戒斷手機了，後來那段時間效率真的特別高，進步特別快！」

「不用了吧……」

「你試試看，我幫你設個開機密碼，等等中午吃飯再幫你解開。」寧婉真誠建議道：「少聊天，多幹活，傅崢，我們得向人家大 Par 學習！」

寧婉自己學習熱情高漲，充滿了先進帶後進的激情，當即便拿走了傅崢的手機，三下五除二設置了個密碼再丟回去給他，然後就專心致志地盯著電腦，開始刷新郵箱。

大 Par 說了接著要繼續寄郵件傳新的案子給自己！寧婉幾乎是專心致志地等著，結果左等右等，硬生生等了一個小時，也沒有新的郵件提示……

「大 Par 忙起來了嗎？」寧婉有些沮喪，「唉！不知道什麼時候才能收到大 Par 的下一封郵件啊……」

「……」

「妳幫我把手機密碼解開，妳的郵件說不定就來了。」

自己這麼長吁短嘆，結果傅崢不僅沒有被帶動，甚至思想更墮落了，寧婉都這樣了，他竟然還腆著臉問自己的手機密碼？甚至號稱幫他解開密碼自己才能討到好彩頭收到大Par郵件？

寧婉簡直氣暈了：「你別想了傅崢，今天上班時間都不可以玩手機！」

「……」

可惜好的不靈壞的靈，寧婉也沒想到，傅崢這烏鴉嘴，上班時間不許他玩手機，自己就真的一天都沒收到大Par的郵件……

寧婉等到了下班時間，覺得自己不能把時間都浪費在等郵件上了，還是得幹點正事，她拉住了傅崢：「走，我帶你去買傢俱！」

傅崢的房都交了，屋主也把紅木傢俱都搬走了，是時候幫他配套傢俱，讓他能趕緊體驗喬遷之喜了。

結果傅崢卻有點抗拒。

「怎麼了？快點買了傢俱住進去，不是能省下一大筆房租嗎？這樣你的還貸壓力也小不少呢。」

傅崢抿了抿唇，顯然還是不想去。

寧婉看了他片刻，才有些恍然大悟：「是擔心這些傢俱貴？放心吧，我有認識幾家很熟的二手傢俱店老闆，能讓你用最低的價格收品質最好的二手傢俱，走吧走吧！」

「……」

傅崢擔心的哪是傢俱貴？傅崢擔心的是傢俱不夠貴！他已經花錢買了間老舊破小的房子了，以為這已經是人生最觸底的一次購物體驗，沒想到還沒完，自己和二手槓上了，有了中古屋，馬上還將擁有二手傢俱……

傅崢就這麼心如死灰地被寧婉拉著坐地鐵，再轉公車，在正巧上下班潮的車裡被擠到懷疑人生，被車廂裡的汗味熏到快嗅覺壞死，最後下了車還步行了好一段路，才終於被寧婉領著到了一條其貌不揚的小巷口。

傅崢小心翼翼避開了地上的水窪，然後被寧婉領進了一家逼仄的小店裡，店門矮小，以至於傅崢必須彎著腰才能鑽進去，而進去後，倒是發現這店裡別有洞天，並不是傅崢想像中那樣髒亂差的二手傢俱市場，店主擺設非常講究，環境也很清爽，雖然是二手傢俱，但維護的品質也都還行，只是，這些傢俱都有一個共同的特徵——

看起來都很便宜……

傅崢眼前正擺著一張餐桌，他瞥了標價一眼——一千二。

「……」

這也未免……

「這也未免太貴了吧！老闆！」結果這時，寧婉的聲音響了起來，她喊來了老闆，「你最近這標價太黑心了吧？全球經濟都不行，一千兩百塊？你怎麼不去銀行搶呢？」

她說完，對傅崢眨了眨眼，壓低聲音道：「看你看了這麼久，喜歡這個啊？你等著，我幫你砍價。」

老闆是個穿長衫的中年人，長著張老好人的臉，聽了寧婉的聲音，便踱步走了過來：「小寧啊，那妳說多少呢？要是妳買，我當然幫妳打個折。」

「好，一口價，一千。」

「……」傅崢只剩下目瞪口呆，一千二竟然還不夠廉價？這世界上竟然有一千塊的二手餐桌？那在這上面，自己是不是得吃五塊錢的便當才符合身分？

老闆自然不肯：「我收進來的成本都不只這些。」

「那我搭這個書桌，再在你這配兩把椅子，這個，這個，還有這個，都要了，加一起，給個打包價，這麼多，總共兩千，你看行嗎？」

「行吧，妳都老朋友了，我也爽快人，拿走吧。」

「配送呢？包配送嗎？」

「就兩千妳還讓我包配送啊？那不行！配送要再加五百！一口價，兩千五！」

「……」

這些傢俱的品質和價格已經讓傅崢快失去求生欲了，然而沒想到，寧婉愣是在這種情況下還虎口奪食，又砍掉了三百塊。

「兩千二！兩千五多難聽啊，不吉利，少出三百吧！」

傢俱店老闆目瞪口呆：「兩千五哪不吉利了？」

「這不是二百五的十倍嗎？聽起來和罵人似的，不好不好。」

「……行吧行吧，把貨拉走，不過兩千兩百塊的配送標準，只幫妳用貨車拉到樓下，不負責搬運上樓。」

「好的沒問題！」

「……」

可能是接受到的打擊多了，以至於傅崢這一次想死之餘心情其實相當平靜，還好，他想，畢竟只花了兩千二，沒花二百五的十倍……

只是很快，傅崢就沒辦法繼續用精神勝利法自我安慰下去了。

寧婉給了地址，指揮著把那些二手傢俱打包放上了貨車，讓貨車司機往悅瀾送，然後自己和傅崢再坐公車轉地鐵，好不容易輾轉回到傅崢的「新晉豪宅」樓下，貨車果然早就到了，已經在安排卸貨。

那貨車司機把寧婉買的二手書桌、椅子、餐桌都搬了下來，因為寧婉不需要搬運上樓，他做完這些，讓寧婉簽了簽收單，就發動貨車離開了。

傅崢看著地上這些二手傢俱，其實內心有些好奇，三百塊搬運上樓，這價格並不貴，自己這「二手豪宅」因為算是老的樓盤，當時建商大約還沒開始迷戀隨隨便便就二十幾層的高樓，因此一棟也就只有六層，算是個花園小洋房的定位，所以沒有設置電梯，而傅崢的「豪宅」位於六樓頂樓，想把這些破椅子破桌子搬上去，並不省力。

只是既然寧婉毫不猶豫拒絕了，那以傅崢對她的理解，她絕對能找到更便宜的搬運服務，只是……三百已經夠少了，就算賤賣勞動力，也該有個底線吧？願意連三百都不到就把這些破桌子破椅子來回三四趟搬上六樓的人，這可得多自輕自賤啊？

沒想到在社會上，還能有男人過著如此悲慘的生活，出賣自己的勞力和年輕肉體，只為了賺個一百兩百的……

一思及此，傅崢微微同情的同時，又忍不住生出了點淡淡的優越感，唉，同是男人，可這男人與男人的差別，也真是一個天上一個地下，想想自己，就算花錢收了這一堆破爛傢俱，但兩百塊錢，根本說不上錢，平時又有體面的社會地位，一個小時的時薪也高達一千兩百美金，可等等幫自己搬傢俱的……

同為男人，傅崢心裡有些憐憫，決定等等趁寧婉不注意，偷偷塞個小紅包給這個搬運的，好好提點下他，男人啊，不能自輕自賤，更不能用低價惡性競爭拉低整個搬運市場的行情，要有骨氣！為了一百兩百就出賣肉體，不值得！簡直丟人！

只是左等右等，寧婉似乎並沒有打電話找人來的意思，只是一個勁地盯著自己，傅崢清了清嗓子，正準備詢問搬運的人什麼時候來，結果寧婉就先開口了——

「傅崢，先搬這個書桌吧！」

「？」

傅崢簡直無法置信：「我？」

「當然是你。」寧婉一臉理直氣壯，「我看你長得高高大大，力氣應該不小吧？三百塊錢呢，你自己搬得了，節省下的錢，還能多叫多少頓外送呢？以後是背上房貸的人了，要精打細算啊！這些小件的，我幫你一起搬！」

「……」傅崢瞪大了眼睛，匪夷所思地看了寧婉片刻，才意識到這女人說的是認真的，他微微抬高了聲音，「妳讓我搬？讓我？為了三百塊？搬這些二手傢俱？」

寧婉點了點頭，露出了莫名其妙的表情：「當然只有你自己啊，難道現在還有別人願意為了一百兩百把這麼多椅子桌子扛上六樓嗎？」

傅崢想來想去沒想到，最後這個自輕自賤的人選竟然是自己？

他幾乎有些咬牙切齒了：「那別人都不願意，為什麼我就願意？我很廉價嗎？還不如找剛才那個司機搬！」

「話不能這麼說，第一，這三百塊，實打實省的是你自己的錢，第二，人家幫你搬，這路程上說不定磕磕碰碰的這裡撞到牆了，那裡撞上樓梯扶手了，把你傢俱弄壞了怎麼辦啊？二手的東西品質本來總比全新的差點。」

妳也知道二手的品質差？！

寧婉卻絲毫無所覺察，只拍了拍傅崢的肩，語重心長道：「來吧，搬吧。」

傅崢卻快氣炸了，他瞪著地上的傢俱，堅持道：「我不搬，妳找個人來搬吧，總之我不行，我絕對不能搬，我……」

他剛想表達男人不能這麼廉價，就見寧婉一臉驚詫地看向他的腰，然後打斷了他——

「不是吧……」寧婉的語氣有些遲疑，「你也才三十歲啊，腰就不行了？」她說到這裡，微微壓低了聲音，有些自言自語般，「薑果然是老的辣，我原本也以為三十歲的男人還很年輕呢，看來肖阿姨說得對，男人一到三十，確實都走下坡路了啊，你看起來這麼身高腿長的人，沒想到腰就不行了，都沒辦法搬傢俱了，唉！那不然這樣，你在這邊等著，這些小件的，我幫你搬，大件一點的，你搭把手，我和你一起搬上去。」

寧婉嘆完氣，同情地看向傅崢：「難怪關於男人保健和陳爍有這麼多共同話題啊，看來你們男人上了年紀也挺慘的，日子不好過啊……」

「……」

是可忍孰不可忍，一個男人，被人懷疑腰不好，那簡直是對尊嚴的侮辱！

「誰說我不能搬？」傅崢咬牙切齒道：「我的腰，好得很！」

不就是搬幾張破椅子破桌子嗎？！三百塊錢事小，男人的尊嚴事大！

傅崢一言不發，當即就脫了西裝，解開了襯衫袖口，準備從書桌下手。

「等下等下！」結果寧婉又急急打斷了他，「別搬別搬。」

難道是良心發現覺得這種搬運的事確實不符合自己的氣質了嗎？

傅崢心裡冷哼道，算寧婉有眼光，自己一個高級合夥人，來來回回搬運兩千多塊錢的二手傢俱，傳出去了成何體統？

結果就在傅崢這麼想著的時候，寧婉的聲音打斷了他的思緒——

「你先原地做一下熱身運動。」寧婉語氣關切，「畢竟三十了，平時運動也不多，別突然這麼一扛把腰閃了。」

「……」

傅崢覺得這已經不是廉價不廉價的問題了，他憋著情緒，抿緊嘴唇，直接無視了寧婉的「好意相勸」，逕自扛起了那二手書桌，一個人悶聲不響往樓上走。

第一輪確實還稱得上健步如飛，自己狀態也非常不錯，然而來來回回幾趟，等最後扛那張餐桌時，傅崢沒有把腰閃了，卻不小心把腳扭了……

一堆二手破傢俱已經全部堆在了二手「豪宅」的客廳裡，傅崢忍著腳踝的疼痛，繃著表情，冷靜自持，努力營造著雲淡風輕的表象。

寧婉見了，果然拍手稱奇：「傅崢，沒想到你體力還不錯啊！」

傅崢冷冷一笑：「這點小事，小菜一碟。」

「唉，你沒必要那麼早關注保健資訊，我看你這身體狀態保持得還很年輕！」

什麼叫保持得還很年輕？傅崢心想，我本來就很年輕！然而他剛想表態，稍微一走動，腳踝上扭傷的地方就劇烈得疼起來……真是讓人笑不起來。

寧婉並不知道傅崢負傷，還挺熱情地指揮著他把書桌搬進房裡，把餐桌搬到指定位置，再擺好了椅子，傅崢死要面子活受罪，他一邊忍著扭傷的疼一邊幹這幹那，恍惚間竟然覺得自己一下子同理了小美人魚，自己此刻不就像是為了王子不得不捨棄魚尾幻化成腳，每一步就像走在刀尖上，卻還強顏歡笑的小美人魚嗎？

傅崢越想越覺得自己的委屈無處訴說，他上輩子到底是造了什麼孽，如今要承受這個年紀不該承受的一切？自己此前過敏的那根手指，都沒好全啊！

然而他沒想到更糟心的事還在後頭。

寧婉幫傅崢打掃完房子，剛準備離開之際，傅崢的手機響了，此前為了搬傢俱，他的手機如今就大剌剌地擺在桌上，而亮起的螢幕上，正清清楚楚顯示著來電人的姓名——高遠。

傅崢看向寧婉，果然見她拉下了臉，心中頓覺不妙……

寧婉瞥見傅崢的手機螢幕完全是意外，只是，有些事情既然看見了，就不能裝作沒看見。

她千算萬算沒想到高遠這個色中餓鬼竟然還在糾纏傅崢？這色狼竟然還挺長情，至今沒死心。

寧婉覺得這樣不行，她朝傅崢使了個眼色：「你先別接，我來替你接？」

傅崢看樣子是有點想自己接自己解決，然而剛朝手機邁了一步，臉上就露出了痛苦的表情，寧婉一看，心裡就更同情了，這該死的高遠，瞧瞧把一個英俊帥哥都折磨成什麼樣了？大概是見到高遠這兩個字就PTSD了，傅崢此刻臉上一閃而過的痛苦，宛若即便邁出接高遠電話的一步，都有鑽心的疼痛……

寧婉本來是準備回家等大Par郵件的，但是如此一看，覺得還是無法袖手旁觀，她深吸了一口氣，替傅崢接起了電話。

「喂。」

一聽寧婉的聲音，對面高遠顯然愣了愣：『我打錯了？我找傅崢。』

寧婉皮笑肉不笑道：「高Par，我是寧婉，傅崢剛去樓下搬傢俱了，人暫時不在，手機丟在屋裡，我怕你有什麼急事，暫時替他接了。」

『搬傢俱？』高遠果然愣了愣，『他……親自搬？』

呵，高遠此刻在想什麼寧婉能不知道嗎？這種猥瑣之徒，既然傅崢死活拒絕還是糾纏不休，肯定見軟的不行甚至想來硬的了，怕不是心裡早算計著要對傅崢強行這樣那樣，看自己怎麼打消他的念頭！

「當然！傅崢才三十，年輕力壯的，全身用不完的力氣，雖然傢俱挺多，但是他根本用不著請搬運的工人，自己一個人就來回幾趟雷厲風行把傢俱都搬好了！要知道，這房子沒電梯，他都是一個人來回六樓的，我看他那個體格，一般的搬運工人可能還不如他呢！」

寧婉心中冷哼，讓你瞧瞧我們傅崢是硬漢，根本不可能讓你霸王硬上弓的！

『……』

果然，電話那端的高遠陷入了死一般的沉寂，又沉默了片刻，他才不可置信般再次確認道：『妳說傅崢自己當搬運工搬傢俱？還來回搬了好幾趟？還沒電梯？』

怕了吧！

寧婉心中得意，嘴上鎮定道：「沒錯！」

高遠果然是怕了，一時之間竟然連說什麼話都不知道了，沉默了半天，他才突然想起來什麼似的道：『不是？傅崢怎麼住了沒電梯的房子？他……』

呵，高遠不愧是資深合夥人，拿著平時替客戶做盡職調查的勁調查傅崢呢，寧婉都不知道傅崢之前租住在哪，瞧這語氣，想必高遠是知道的，連他以前那房子有電梯都摸得一清二楚，可見用心險惡！

「是，他之前租住的房子確實有電梯，不過現在傅崢已經靠著自己的努力買了房啦，那邊馬上就要退租了，以後就能住自己的房了。」

寧婉這話可不是白說的，她這是在旁敲側擊告訴高遠，傅崢過得挺好，生活挺上正軌的，房也靠自己買了，不是那種一窮二白還會見錢眼開出賣自己的，勉強也算個有本錢的男人了！不至於為了點錢就沒底線，希望高遠能知難而退。

可惜出乎寧婉的意料，高遠這人還真的挺沒情商挺死性不改的，自己都這麼說了，高遠竟然還驚愕地追問起來：『什麼？！傅崢買房了？！買在哪了？還是個沒電梯的？這多老的房子啊還能沒電梯？』

瞧瞧，這些油膩的合夥人，怎麼就不能相信律政新人也不是只能買到老舊破小的房子呢？

「就在我們悅瀾社區呢！有時候買房子也看緣分，正好有個特別不錯的房子屋主急著出呢。」

悅瀾社區是學區房，也沒多舊，作為基本需求來說是個不錯的起點了，說出去也夠能震懾住高遠了，至少讓他知道，傅崢才不是他想像裡沒見過世面隨便一點錢都能出賣底線的人。

『悅瀾？！』大概是發現傅崢竟然能買得起悅瀾的房，高遠果然驚呆了，話語之間都有些結巴起來，『妳說……傅……傅崢……買……買了悅瀾的中古屋？』

「是啊。」寧婉笑笑，「對了，高 Par 你找傅崢有什麼事嗎？我要轉告一下他嗎？」

『沒……沒有了……』

果不其然，自己這番話下去，高遠終於死了這條賊心，寧婉掛了電話，看向傅崢，一臉得意：「看看，他下次肯定不會再聯絡你了，我把該傳遞的資訊都傳遞了，諒他回去也得掂量掂量自己斤兩，別以為別人整天沒見過錢似的，傅崢你現在已經不是無產階級了！也算個小資產階級了！」

可惜這本是件好事，然而傅崢不知道為什麼，可能還沉浸在高遠過敏症裡，一臉心如死灰的絕望，彷彿快不想活了。

寧婉拍了拍他的肩：「想開點，高遠知道你的這些資訊後，會慢慢死心的！你放心！」

她說完，又幫傅崢整理了下房內的雜物，才和傅崢告辭，還順手提走了垃圾。

只可惜她越關照傅崢想開點，傅崢就越想不開，他看著尚在過敏恢復期的手指，忍著腳踝的鑽心疼痛，扶著確實有點疼的腰，環顧這丁點大的中古豪宅，再看一看總價高達兩千二的二手傢俱，想著高遠馬上就要蜂擁而至的嘲笑，心裡的委屈和絕望都快達到了頂點。

是真的有一點想死。

傅崢緩了緩，覺得自己不是那麼想死了，又找回了些許求生欲，才打了電話給高遠：「來接我。」

高遠在電話裡就已經忍不住幸災樂禍了，明知故問道：『哎喲，傅崢，你這麼日理萬機的，就拋下「來接我」三個字，我怎麼知道你在哪呢？』

傅崢咬牙切齒道：「你不是心裡清楚嗎？」

高遠哈哈笑起來：『哦哦，你在你新買的「豪宅」那是吧？悅瀾社區？我去你們門口接你。』

「嗯。」傅崢剛答應下來，又想起了點什麼，改口道：「別到門口，你去悅瀾社區南門轉彎口的那條小巷子裡等我。」

高遠存了看好戲的心情，沒多久就趕到了傅崢指定的地點，這條小巷其實離南門也不遠，然而傅崢從南門走來，高遠竟然生生等了快半個小時。

傅崢腿這麼長，走這麼點距離，不應該啊？

高遠下了車，結果左顧右盼又等了十分鐘，才終於在路口見到了傅崢。

只是……平時走路英姿颯爽冷面高傲的傅崢，如今雖然面上表情還是一如既往的冷豔高貴，然而這腿腳……不太方便啊……

高遠瞪大了眼睛，就看著傅崢一瘸一拐緩慢地朝著自己移動……

他剛想詢問傅崢這腿到底怎麼了，結果傅崢就一臉低氣壓地看向了他——

「別問，問就是沒事。」

「……」

傅崢說完，也沒再看高遠，只抿緊嘴唇板著臉，逕自打開車門要往車裡坐，然而彎腰時也不知道牽動了他哪根神經，一瞬間，傅崢的臉上露出了痛苦的表情，只是他最終忍了下來，一臉堅韌地鑽進了車裡。

看這樣子，是腰扭傷了，而且腿可能也傷了……

高遠坐回車裡，心下已經有些了然：「搬傢俱搬傷了？」

傅崢幾乎是立即咬著牙否認了：「沒有。」

那就是有了。

高遠忍不住揶揄起來：「你不是身強力壯強過搬運工嗎？」

傅崢給了高遠一個死亡凝視：「你今天話這麼多，是有什麼遺言要說？」

「哈哈哈哈，你這人怎麼馬上就惱羞成怒了呢？在寧婉面前當搬運工怎麼一言不發？這腳和腰，剛才在人家面前裝正常裝得挺辛苦吧？」

傅崢鬆了鬆領帶，狠狠白了高遠一眼：「你信不信你再說我用領帶勒死你？」

高遠見好就收，閉嘴了，不過很快，他又有了新的問題：「不過你腿這樣了，為什麼不讓我直接到門口接你？還這麼一瘸一拐走到小巷子裡，你這不是傷上加傷嗎？」

傅崢坐進車裡，整個人都放鬆了下來，扯開了領口扯鬆了領帶：「社區裡認識我的人太多了，八卦傳出去的又快，我怕你接我這件事最後傳到寧婉耳朵裡，她又要鬧。」

高遠眨了眨眼：「傅崢，不是我說，你為了維持現在的人設，是不是有點用力過猛了？而且什麼叫寧婉又要鬧？我和你接觸她鬧什麼？就算你現在的身分是個實習的基層律師，我一個大 Par 找你一個實習律師辦事讓你幫我打雜不是也很正常嗎？」

「……」

對於自己這個問題，傅崢的反應有些古怪，他看了高遠一眼，一臉欲言又止，最後含糊道：「總之我和你接觸有些奇怪，畢竟我現在是個社區實習律師而已，正常不應該有那麼多機會見到大 Par，所以我們以後還是少來往為好，別讓寧婉看見。」

高遠聽得一頭霧水，怎麼自己和傅崢交往搞得和地下偷情一樣？

「怎麼聽起來寧婉已經是你的正宮了？我反而像個見不得人的小三？」

「什麼正宮不正宮。」傅崢冷臉打斷道：「而且誰給你的自信你能當我的小三？以我的品味，找小三也不能找你這樣的吧，你頂多是我酒後亂性一時糊塗瞎了眼的產物。」

「？？？」

高遠覺得，傅崢這個朋友，有點交不下去了啊。

兩個人去一貫去的餐館吃了點東西，高遠就要求傅崢知恩圖報了——

「我堂堂一個合夥人，總不能白白當你的司機吧，行了，現在到了你報恩的時候。」他一邊說，一邊拿出了一疊資料，「我這有個破產重組的案子，但是我總覺得客戶在隱瞞著什麼，說不定給我們律師挖了坑，就第六感覺得怪怪的，但又找不出來哪怪，你幫我看看。」

傅崢也沒推辭，拿起資料就看起來，只是沒想到案子挺複雜，等看完資料再和高遠討論最終得出分析結果，竟然都快到了餐廳的打烊時間，最後等高遠把傅崢往家裡送，已經不早了。

因為社區律師的工作時間很早，傅崢大概也養成了早睡早起的習慣，如今這個時間，高遠從後視鏡裡一看，發現他睏得眼睛明顯疲乏了，接連揉了幾次眼睛，然而就這樣，甚至還在晃蕩的車上，傅崢竟然拿起手機不知道在寫什麼東西，模樣還挺認真，以高遠對他的理解，這顯然是在寫專業相關的郵件了。

「你不是還沒正式入職所裡嗎？團隊都還沒建，也根本沒見你接活啊，怎麼大半夜還在寄郵件？」高遠勸說道：「你跑社區不也是為了轉換下思緒順帶給自己放個小假嗎？那就別太折騰自己了，工作是做不完的，郵件明天再寄吧。」

傅崢這人，雖然做到合夥人級別確實很拚，但本質上有些嬌貴，有點少爺脾氣，按理說，現在不存在什麼讓他忍著睡意在行駛的車上回郵件的重大案子的，他也斷然不會工作狂到分秒必爭今日事今日畢……

結果高遠這麼勸說下，傅崢的手卻沒有停，他又掩著嘴打了個哈欠，都有些眼淚汪汪的模樣，但仍舊很努力地睜大眼睛，然後在手機上打著什麼，過了好一陣子，傅崢才終於放下了手機，像是完成了個任務般深吸了口氣——

「這下她應該不用等了。」

「？」

什麼等不等，高遠只覺得莫名其妙，難道傅崢這輩子還在乎過客戶等他答覆的死活嗎？

看來親民的社區基層經歷真是讓他改了不少，都變得對客戶如此設身處地平易近人了！可歌可泣！

只是高遠不知道的是，傅崢剛點擊傳送後，在容市另一邊某個房間裡，寧婉聽到「叮」一的一聲郵件提示音，一掃剛才的睡意闌珊，幾乎立刻精神抖擻地點開了手機。

她回家後左等右等，終於等來了大 Par 的下一封郵件！

令她感動的是，果不其然，在這封新來的郵件裡，這位大 Par 又事無巨細地出了新的題目給她，證據合約素材也都清晰地羅列在附件裡。

這分明就是特殊待遇了！

寧婉帶著虔誠的感恩心態下載了所有素材，覺得自己像個雖然後進但竟然被老師免費單獨留下補課的差等生，除了努力趕超同學，用響噹噹的成績回報老師外，寧婉覺得真的只有早日達到這位大 Par 的要求，進入他的團隊，未來做牛做馬報答他了！

在這種巨大的感動和激情裡，寧婉熬夜做完了案例分析，這次她特地把自己想到的所有方案都寫進了檔案裡，並分析標明了自己認為的最佳途徑，回覆了對方，才睡下。

自然，這樣熬夜，第二天寧婉是頂著兩個黑眼圈去上班的，只是雖然睡得少，但因為很有幹勁，她的精神倒是很好，反觀傅崢，卻有些憔悴，也不知道是不是睡得不好有些行動遲緩，雖然表情還是冷靜鎮定，但今天的傅崢，走起路來卻特別特別慢……

「傅崢你沒事吧？」

可惜面對寧婉的關心，傅崢滿臉寫滿了「不想說」，只抿了抿嘴唇，言簡意賅道：「沒事，我很好。」

這樣子，顯然是拒絕交流了。

寧婉接社區諮詢電話的間歇仔仔細細觀察了一下傅崢，見他身上並沒有什麼可疑的傷痕，再看他走路的姿勢，這腰部好像有些怪怪的僵硬感，再看這腿，也邁不開步子似的，像是哪受了傷……

明明是哪裡不爽利，卻死活不說，那絕對就是難言之隱了，能讓男人這麼不願意講的病症，電光石火之間，寧婉突然靈光一閃，她想到了！

痔瘡！

十男九痔，傅崢這模樣，可不就是痔瘡嗎？所以走起路來活像是扭傷了腳和腰似的，其實不過是怕邁的步子大了，牽扯到那難以言說的傷口……

這麼一想，連寧婉也突然有點感同身受的憐憫了。

才三十歲就得了痔瘡，看起來還挺嚴重的，怪可憐的。

這麼一想，寧婉覺得更放心不下傅崢了，好不容易到了下班時間，她趕緊追上傅崢：「你先去你屋裡等我。」

傅崢皺了皺眉：「什麼？」

「你先去你新買的房裡休息著，等我，我幫你去超市買點日用品。」寧婉在傅崢目瞪口呆的表情裡從容繼續道：「我知道你這幾天可能不太方便走動，你放心吧，有我呢，我既然做了你的帶教律師，不僅要在工作上關心你，在生活裡也要照顧你。」

傅崢一聽這話，心裡有些驚訝，寧婉平時看起來有些粗枝大葉，沒想到竟然這麼觀察入微？自己這麼努力佯裝沒事了，竟然還被她看出扭傷了腳和腰？看來她終究是很關心自己的……

雖然面子上有些繃不住，但傅崢確實有些感動：「謝謝，沒想到被妳發現了，其實也沒大事，就一些小傷，忍忍就過去了，替我採購日用品就不用了，妳的心意我領了。」

可惜寧婉很堅持：「這怎麼行！我一定讓你早日搬進你的新家！你等著，我去去就回！」

傅崢剛有的感動立刻沒了，讓自己盡快搬進二手「豪宅」，這就大可不必了……

只是寧婉沒等他勸阻完，就提上購物袋擺擺手跑了。

傅崢沒辦法，既然如今寧婉都識破自己扭傷腳和腰的事了，他也不裝了，一瘸一拐無可奈何地就往悅瀾那個剛買下的中古屋裡走。

雖說看不太上這房子，那些二手傢俱也便宜得震驚了傅崢的物價概念，但寧婉在布置房屋上倒確實是可圈可點。那天買完二手傢俱，寧婉就在附近的小攤上買了不少綠植和花草，如今整個房子裡倒是鬱鬱蔥蔥，傅崢坐下來，也發現如今這房子挺有生活氣息了。

而這種煙火人間的味道在寧婉提著幾大袋日用品進來後就更明顯了，她滿臉通紅，一次性提了結結實實兩大袋東西，傅崢想上去幫她拎過來，她還連連擺手——

「別別別，你怪不容易的，都受傷了，去一邊休息，我來就好了。」

寧婉說什麼也死活不讓傅崢幹活，自己一個人漲紅著臉把兩大袋日用品放進了屋裡，傅崢剛想喊她喝杯水，寧婉就又蹭蹭蹭往樓下跑了，只留下漸行漸遠的嗓音——

「樓下還有幾大袋，我馬上提上來！」

就這麼來來回回幾趟，寧婉終於把東西全搬完了，傅崢定睛一看，她除了買了好幾袋日用品外，竟然還幫傅崢扛了袋二十斤的大米，更別說別的油、調味料、鍋碗瓢盆還有洗漱用品……

傅崢看著寧婉把東西一樣一樣從袋子裡拿出來擺好，簡直有些目瞪口呆，寧婉這是幫他把所有該採購的都採購完了？

「妳這……」

「你早點把你租的房退了吧，這我再幫你弄弄，打掃一下，還缺什麼再補一下，就能住了，自己的房子住起來有歸屬感。」寧婉一邊幫傅崢整理著，一邊從購物袋裡掏出一個墊子，「喏，這個給你，剛好看到超市有賣，我想你正需要，買一個給你。」

傅崢接過墊子一眼，有些莫名，這是他從沒見過的墊子樣式，軟軟的，摸起來挺舒服，但墊子中間竟然有個洞，造型看起來有些像甜甜圈。

不過既然寧婉此刻遞給自己，大概是她意識到自己扭傷的腰不適才買的，傅崢一邊把墊子往背後一放，輕輕靠上去，一邊心裡又替寧婉加了幾分。

坦白來說，其實寧婉人真的不錯，為人熱忱開朗，如此來來回回扛了幾大袋那麼重的東西，如今髮絲都因為汗微微黏在臉頰上，明明模樣看起來有些狼狽，然而傅崢看來，卻覺得有一種莫名的可愛，她紅潤的臉頰和明亮的眼睛，都非常漂亮。

雖然有些傻氣也有些好騙，但傅崢覺得影響不大，因為只要進了自己的團隊，自己作為帶教律師自然會保護好她，不讓她受騙就好了。他一邊這樣想，甚至沒意識到自己已經在用未來團隊成員的眼光評價寧婉……

而也是這時，寧婉的聲音打斷了他的思緒——

「不放在腰後面！放在屁股下面！」

傅崢愣了愣，才意識到她說的是墊子，他有些狐疑：「這個是坐墊？」

看起來不像啊……

寧婉含蓄地點了點頭：「是呢！專門給你用的，你懂的。」

難道坐這個墊子腰能舒服嗎？

傅崢有些不解，但還是從善如流地把墊子放在了屁股底下，可惜坐了片刻，也並沒有感覺到這墊子對腰有什麼作用，反而怪怪的有些不舒服，不過一想是寧婉特地買的，傅崢便也沒拿開，只坐著看著寧婉在自己這中古「豪宅」裡忙前忙後。

寧婉長得有些嬌滴滴，然而沒想到幹起活來卻很雷厲風行，沒多久就把買來的日用品都擺得整整齊齊了，其實傅崢也就腰有些不舒服，並不嚴重，但也不知道怎麼的，寧婉死活不讓自己起身，又愣是自己一個人把傅崢這中古屋收拾乾淨了，才攏著手提著收出來的兩大袋垃圾跑下樓去扔了。

雖然花錢買了個小破中古屋，還買了一堆二手傢俱，然而傅崢環顧四周，第一次發現自己或許是撿到寶了，經過寧婉的裝飾，這屋子如今看起來真是增色不少。

趁著寧婉去扔垃圾，傅崢走到廚房，拉開冰箱，裡面擺滿了一些飲料、牛奶、雞蛋、夠撐兩天的蔬菜瓜果，雖然周遭的裝飾傢俱和布置都不高級，然而傅崢此刻卻不再覺得那麼廉價了，窗臺上擺著小小的吊蘭，陽臺上還掛了個風鈴，每一個細節裡都透出溫馨的生活氣息。

一瞬間，傅崢心裡覺得有些暖意，他想到寧婉特地買給自己的墊子，更覺得，以後寧婉要是進團隊成了自己的下屬，想必是個貼心的員工，只是這墊子的奇怪造型，到底引起了傅崢的好奇心，他在購物網站上以「護腰墊」為關鍵字搜了搜，結果竟然沒有一款墊子和這類似，也不知道貴不貴。

不過不管如何，寧婉這份心意，傅崢覺得自己是體會到了。

他把坐墊放回沙發上，順手對著布置得相當溫馨的屋裡拍了幾張照，然後得意地傳給了高遠——

『看看寧婉幫我布置的房子。』

高遠手下都是技術型的男律師，專業能力可以，但是不太細心，傅崢就沒少聽高遠抱怨下屬不得力，連個有眼力見的也沒有，怎麼可能有寧婉這麼貼心的？

而如傅崢所料，高遠果然沒多久就回了他的訊息。

傅崢微微笑了笑，準備迎接高遠濃烈的羨慕嫉妒恨，然而再次點進通訊軟體，高遠傳來的訊息和他預料的卻南轅北轍——

『？？？？傅崢？？？？？你得痔瘡了？？？？』

傅崢皺起了眉抿緊了唇，真是嫉妒使人面目全非，高遠這人，竟然嫉妒到都詛咒自己得痔瘡了。

傅崢拿起手機，劈里啪啦就開始打字：『收收你那嫉妒的嘴臉。』

『不是？我嫉妒什麼？嫉妒你得痔瘡嗎？哈哈哈哈哈。』高遠大概過於嫉妒，直接打一通電話過來，語氣裡充滿了幸災樂禍和震驚，『你別瞞著我了，我都懂。』

你懂什麼？傅崢簡直氣笑了，高遠不就是嫉妒嗎？

高遠卻語氣揶揄篤定道：『你那坐墊已然說明了一切。』

傅崢皺了皺眉：「什麼？」

自己要高遠注意的是屋內的布置，他注意坐墊幹什麼？

「坐墊怎麼了？」

『傅崢，你就別和我裝了，那坐墊不就是痔瘡墊嗎？你以為我不知道啊！我爸之前痔瘡開刀你忘了嗎？開完醫生就讓買這個呢！你怎麼年紀輕輕就用上了？』

「……」傅崢感覺自己有些無法呼吸了，他一字一頓咬牙切齒道：「你再說一遍，這個墊子是什麼墊子？」

『痔瘡墊啊哈哈哈哈哈……』

傅崢在高遠魔性的笑聲裡掛了電話，他板著臉，然後拿起了手機，點進了購物網站，這一次，以「痔瘡墊」為關鍵字……

一分鐘後，搜尋列表裡跳出了一大堆和自己手裡這墊子造型相似五顏六色的「甜甜圈」，傅崢抿著唇，找到了和自己手頭這款一模一樣的點了進去——

『翹臀屁股坐墊辦公室久坐神器加厚痔瘡前列腺護理椅子墊。』

「……」

「………」

「…………」

傅崢搞不明白了，自己到底什麼時候得痔瘡了？？？

這一刻，他只覺得自己瞎了眼，枉費他還覺得寧婉觀察入微體貼細心，這是觀察入微嗎？這是想像過剩！自己只不過搬傢俱腳踝和腰有些勞損導致走路不便，這怎麼是痔瘡呢？寧婉腦內到底是怎麼一齣大戲把自己安排得「明明白白」的？

何況她到底是不是律師？一個律師該有的獨立分析和邏輯能力呢？一個破墊子，不僅能緩解痔瘡疼痛，坐了竟然還能翹臀還能保養前列腺？她買的時候不能稍微動動腦子嗎？？？這東西竟然還不便宜！

寧婉挑選的這一款甚至是網路上最貴的一款，號稱記憶棉透氣棉材質，傅崢一看價格，都快氣笑了，兩百塊！整整兩百塊！他都可以用來買一堆二手小居家擺設了！買什麼不好買一個痔瘡墊？？？就寧婉這樣的還有資格教訓自己省錢？？？

傅崢捏著痔瘡墊，覺得自己要炸了，甚至都沒意識到自己竟然都淪落到覺得兩百塊買一堆二手居家擺設是CP值高了。

傅崢的怒氣被一陣敲門聲打斷了。

他愣了愣，沒想到寧婉倒個垃圾回來那麼快，只是等他一臉興師問罪氣勢洶洶去開了門，卻發現站在門外的並非寧婉，而是個六七歲的男孩。

那男孩有些髒兮兮的，頭髮亂糟糟的看起來幾天沒洗澡了，身上衣服也帶了點近距離就能聞到的異味，見了傅崢，也愣了愣，再透過傅崢的身體往他的房子裡看去，更是嚇了一跳的模樣。

傅崢皺了皺眉：「小孩，你是……」

然而傅崢的話根本沒機會說完，因為對面的小男孩竟然用力撞開了傅崢，逕自衝進了屋裡，他愣愣地看著屋裡大變樣的擺設，然後突然嚎啕大哭了起來——

「你賠我！你把我家賠給我！」

他一邊哭，一邊用髒乎乎的小手拽著傅崢往外門外推：「你走！你走！這裡是我家！這是我家！你出去！你再不走我要找警察叔叔了！」

「你們不要臉，強占我家！還把我的東西都扔了！你們不要臉！這裡是我家！是我爸爸買的房子！是我的家！」

小孩又是鼻涕又是眼淚，傅崢實在不擅長處理和這麼小的孩子的溝通問題，又不敢對小孩子用力，只能被這小孩推到了門口，幸而這時候，下樓倒垃圾的寧婉回來了。

「爸爸！爸爸！嗚嗚嗚！爸爸！」小孩完全沉浸在自己的世界裡，一邊哭一邊含糊地喊著。

寧婉驚了驚，看向了傅崢，她的「觀察入微」再一次上線：「小蝌蚪找爸爸？你哪留下的風流債？孩子這麼大了？不過……和你不太像啊……這……你……會不會……那個？」

「……」傅崢簡直氣得沒脾氣了，「不是我兒子！我根本不認識這小孩！突然跑來敲門，說房子是他爸買的，這房子是他住的，要把我趕走！」

寧婉蹲下身：「小朋友，你是不是認錯地方了？這地方確實是這叔叔買的呢，你有沒有走錯棟？你爸爸叫什麼？你記得他的電話嗎？我們送你回家。」

可惜孩子很堅持：「我沒認錯！就是這裡！就是這棟！這就是我家！你們不信可以看房間的牆角裡，我還畫了個小烏龜的！」

寧婉和傅崢半信半疑到房間一看，牆角那裡還真的畫了個小烏龜。

難道是上任屋主的孩子？可沒聽他說過有這麼小的孩子啊？

而接下來的發展，就更讓寧婉傅崢迷惑了，這小孩顯然住在這房子裡過，對房子格局相當熟悉，他蹭蹭跑進陽臺，逕自來到了一塊有些鬆動的地磚前，然後輕輕把磚抬了起來，從裡面的夾縫裡拎出一個透明塑膠袋。

「這房子，是我家的。」小孩帶著哭腔，「爸爸說了，這袋子裡是我們買了房子的證明。」他瞪向了傅崢，「你不能偷占我的家！」

寧婉和傅崢帶著狐疑打開了透明塑膠袋，裡面赫然還真的是一本房產證，房產位置寫得清清楚楚確實是傅崢買的這間房沒錯，產權人寫的卻是個陌生的名字——姚康。

傅崢皺著眉繼續翻，發現這產權證後面，還附著全套的購房合約、發票，看起來竟然是挺齊全的資料，然而合約的賣方，寫的也並非上任屋主的名字，也是個完全陌生的名字——王棟樑。

姚康是誰？王棟樑又是誰？

上任屋主不是姓白嗎？何況傅崢和對方也在房產交易中心辦完了過戶，確實沒有問題。

寧婉左溝通右溝通，可這孩子怎麼也不肯離開，只問出叫姚飛，又說不清別的，問他爸姚康去哪了，孩子也不知道，只說出去上班了，一個禮拜了，一直沒回來，也記不住爸爸的電話，問起媽媽，更是哭著說媽媽離開他和爸爸了，至於媽媽的聯絡方式和資訊，也是一問三不知，最後這孩子疲了，索性一屁股坐在屋裡，一把眼淚一把鼻涕又開始哭起來，把傅崢搞得腦仁都疼。

事不宜遲，傅崢抿著唇，只能直接打了電話給上任屋主。

結果屋主對此態度非常堅決：『小傅啊，這 house 我都過戶給你了，owner 是你，我們的 procedure 都是在房產交易中心走過的，你是 lawyer，知道肯定 no problem 的啊，現在弄出這種事，和我有什麼 relationship 呢？現在也晚上了，我不可能再上門幫你解決這種問題吧？先掛了！Bye！』

「……」

傅崢沒想到買個破中古屋，竟然還能遇到這種事，他想了想，拿出了手機。

寧婉湊過頭來：「你準備怎麼辦？」

傅崢抿了抿唇：「報警。」

傅崢報了警，簡單講述了來龍去脈：「總之，目前我們上任屋主不配合溝通，還麻煩你們調解結案了。」

自己叫不來上任屋主，看來只有依靠警察的力量了。

而傅崢報完警站在門口等著警察上門，寧婉倒是閒不住，拿起了那張房屋買賣合約研究起來，雖然賣方寫的並非上任屋主，但這個莫名其妙出現的王棟樑名字後面，也寫著聯絡電話和聯絡地址，寧婉想了想，雖然這房屋買賣合約大概是偽造的，但她還是決定死馬當活馬醫，先打通電話試試，結果沒想到，她這電話一打，這號碼倒不是空號，竟然能打通——

『您好，找房上寶寓，寶寓房產仲介，竭誠為您服務……』

伴隨著悠揚的音樂聲，一串廣告詞也隨即而來。

這竟然是個房產仲介的電話？

很快，電話被接通了，那端傳來的男聲徹底確定了寧婉的猜測——

『喂，我是寶寓房產仲介的王棟樑，請問您是哪位？有什麼看房需求嗎？』

寧婉清了清嗓子，簡單講了來龍去脈，一開始這王棟樑還置身事外的語氣，然而寧婉一提及姚康的名字，即便隔著電話，王棟樑聲線顯然也有些緊張起來：『這……這件事……這事白先生不是處理完了嗎？』

這下看來是問對人了！這王棟樑顯然對這孩子的事是知情的。

對方態度倒也挺配合：『您稍等，我正好在悅瀾社區帶客戶看完房呢，等我十分鐘，我馬上到，當面和您解釋！』

寧婉掛了電話，倒了杯果汁給自稱叫姚飛的小孩，把人先安頓在了客廳裡，幫他開了個手機上的卡通節目。

小孩的情緒果然穩定不少，拿著手機安靜地在一邊看起來了。

王棟樑挺守時，十分鐘後，樓梯間裡果然就傳來了腳步聲，沒多久，人就走到了寧婉和傅崢面前，他年紀看起來比寧婉還小，穿的是房產仲介公司統一配給的西裝，像所有仲介一樣，嘴巴挺甜，一見寧婉和傅崢，就姐啊哥的叫起來。

「姐，哥，這我名片，你們叫我棟樑就好了，要是有什麼房子買賣的事，隨時找我就行了。」

可惜他熱情地開拓業務，傅崢卻不買帳，他拿出了房屋買賣合約和房產證，再指了指客廳裡的小孩：「這怎麼回事？」

「這件事……」王棟樑尷尬道：「是這樣，這孩子是上一任租客的，我吧……我就認識他爸爸姚康，他之前租了這房子，但上個月就到期了，也說好要搬走的，之後的事我就不知道了啊，我肯定沒賣過這房子給他，白先生這房找到你們賣掉，也不是我經手的，別的我真的不知道，但姚康這買賣房合約和房產證，肯定是造假的，房子是白先生的沒錯。我就是當仲介讓姚康租了這間房一陣……」

可這姚康去哪了？怎麼扔下兒子不見了？明明是租房，為什麼還要偽造房產證和買賣合約？

就在寧婉不解之時，只聽一道熟悉的聲音打破了寧靜——

「你個小兔崽子！什麼叫你就當仲介租了這間房子？你那也叫租？在這裡信口雌黃個什麼勁？害我大半夜被警察叫過來，還要替你這破事擦屁股！你他娘的要不要臉？老子真是倒了血楣遇到你這個黑仲介！你個生兒子沒屁眼的小兔崽子！」

這中氣十足的聲音，可不是就是上任屋主白勝嗎？

果不其然，沒多久，他也氣喘吁吁地出現在了樓梯口，身後還跟著個警察，平時這位已經移民的白先生中文裡一定要帶點高雅的英文，只可惜如今氣急敗壞，罵起人來顯然意識到還是用母語乾脆和爽快，寧婉一個沒留神，就聽到他嘴裡又口吐芬芳了一連串的國罵。

王棟樑顯然沒想到白勝會來，一見了白勝，立刻像植物被霜打了似的蔫了，抖抖索索往後縮，一看就是此前沒說實話，有隱情。

傅崢抿了抿唇：「所以到底怎麼回事？這孩子怎麼來的？誰跟我解釋下。」

白勝既然都來了，索性也不藏著掖著了，當即便開始撇清自己：「這不關我的事，這事要說都是王棟樑這小兔崽子搞出來的！」

「我移民後基本就住在海外了，國內這房子就空置了，一開始確實找到了寶寓房產仲介，想讓他們幫我把房子找個可靠的租客出租了，因為我自己常年不在國內，就把房子鑰匙直接給了王棟樑。」

「悅瀾社區的房子其實挺好租的，但我講實話，我每個月也不是缺那麼幾千塊租金的人，與其租給那種衛生習慣不好，不能好好打掃房子的租客，我還不如不租。」

白勝講到這裡，看向了傅崢：「所以你們也看到了，我這房子雖然是中古屋，但維護得很好，要知道我的傢俱裝潢都用了心，本來確實想著家裡自住的，所以也沒特別迫切想租出去，千叮嚀萬囑咐也和仲介說了，真的有那種獨居的高級知識分子啊什麼的，才租一下，我當時基本不回國，全權委託仲介了。」

寧婉有些恍然大悟：「所以後來是仲介沒把關好租給姚康姚飛父子了？」

結果一說，白勝就炸了：「要真是這樣也就算了！什麼租房？他就是個黑仲介！根本沒經過我同意！也就這個小兔崽子還有臉說什麼姚康是我的租客了！」

王棟樑一言不發地站著，白勝越說越氣憤：「既然今天警察也來了，那正好你們也給我評評理，這事該是我的鍋嗎？你們問問這個王棟樑到底怎麼做仲介的？」

「我……我一開始確實推薦了不少租客給您的，確實有好好幹活，這房子地段不錯，想租的人挺多的，也帶了不少人看房，都很滿意，可一連推薦了十幾個租客給您，沒有一個您同意出租的……」

見王棟樑竟然還開口解釋，白勝顯得更氣憤了：「你還好意思說？我一開始就說了，我這人對租客要求高，比較挑剔，劃過個範圍給你，哪些人我願意租哪些人絕對不行，結果你推給我的都什麼客戶啊？一個是一對生了兩個男孩的夫妻！小孩四五歲，最皮的時候，能不把我家弄得髒亂差嗎？」

「還有一次推薦給我的是個七八十的獨居老太太，七八十了啊！一個人住！好像還有高血壓，那我說句難聽的，這老太太要是不小心死在我房子裡了，我上哪哭去？這房子以後不管自己住還是賣，還能有人要嗎？多不吉利！」

以寧婉的接觸來說，白勝這人確實挺有優越感，也挺挑剔，但既然不缺錢，也不急著把房子出租，於情於理對租客要求高也說得過去，只是既然很討厭租客家裡有年齡不大的小孩，為什麼最後竟然租給帶著姚飛的姚康了呢？

果不其然，幾乎是同時，傅崢問了一模一樣的問題：「那你怎麼把房子租給了姚康？」

「我沒租！」白勝一說這事，氣得青筋都有些暴起了，他指了指姚飛，「你看看這小孩，髒兮兮的，看起來也不省事，我能把房子租給他們？何況這家，就一個爸爸，連個女人都沒有，說是離婚了，女人都跑了！要是真的租給他們，能把房子打掃乾淨嗎？不可能！」

「所以說，姚康這事我根本不知道，我也根本沒租，更是沒收到過租金，總之，推薦了一段時間的客戶給我後，這仲介也不找我了，我也沒在意，覺得可能自己確實太挑剔，不好找租客，也不強求吧，房子就索性這麼空置著也行，結果上個月回國，我打開房門，你們猜猜我看到了什麼？我就看到了我房子裡莫名其妙住了人！」

話到這裡，傅崢還沒反應過來，寧婉卻一瞬間頓悟了：「也就是說，其實仲介瞞著你，把房子出租了？」

事到如今，寧婉總算知道此前王棟樑有所隱瞞的是什麼了。

「也就是說，王棟樑偷偷把房子未經你同意直接讓姚康父子住了，反正他有你的鑰匙，直接把鑰匙給人家就行了？」

「對！所以啊，這真的不關我的事，房子產權確實是我，我也從沒同意租給別人過。」白勝講到這裡，情緒似乎才有些緩和過來，又開始中英文夾雜地說起話，「這個responsibility 真的不是我的，是仲介的，我一回國發現這事，就已經發出最後通牒，要求他們立刻 move out 了！後續有什麼 problem，這個小孩的事，你們去找仲介！」

王棟樑自己做錯了事，此前沒敢開口，可如今見白勝都要把鍋甩在自己頭上，也終於不甘心起來：「一開始我真的是想好好替你找租客的，可你這個不滿意那個不行，後面我也不想找了，本來我真的沒有什麼歪腦筋，結果正好遇到姚康，他幫我出的主意，說反正我手裡房多，好多屋主人在國外不缺錢也不準備租出去，我手裡又有鑰匙，不如讓他偷偷住進去，這『租金』嘛，自然便宜點，本來這房一個月能租四千，但我的仲介提成也沒多少，但如果我偷偷讓他住，他就直接給我每個月一千五……」

「我那階段正好也要買婚房結婚，手頭有點緊，一時腦子發熱，聽了他的話……不過我讓他給我保證了，房子一定要弄得乾乾淨淨，不能有太大的損耗……要是你要回來，他就得立刻搬走！」

白勝聽了這個就來氣：「你這話說的，你還挺委屈？我就說呢，你一仲介，怎麼每隔一段時間就對我噓寒問暖呢，問我回不回國，我還以為你是 care 我，結果搞半天是怕我突然 come back 殺你個措手不及！幸好我也是突發奇想回國一趟，不然這怎麼能撞破這事？」

能幹出這種事，王棟樑顯然也是個人才，如今這場景，他竟然還委委屈屈理直氣壯了：「這事是我有錯在先，可你發現後，我該補救的也都補救了，姚康在你這房裡住了一年，我把這一年從他那拿到的錢都給你了，還貼了五千給你當賠罪，你當初拿了錢不都默認這事翻篇了嗎？怎麼現在又翻舊帳拿出來講？大家當初都說明白了，就當成是我替你找了姚康他們承租，這事兩清了，我還送了超市購物卡給你還請你吃了飯，都說好了這事就不捅出來了，你這人怎麼說話不算話？」

王棟樑越說竟然也越氣憤，那語氣，好像他自己也是個受害者似的：「我從小家境不好，一步步打拚到現在，就鬼迷心竅做錯了那麼一點事，難道就要被揪住不放嗎？」

他說到這裡，看向了寧婉和傅崢還有在一邊玩手機的姚飛：「不管怎麼說，我該解決的事也解決了，這後面小孩的事，肯定不該我處理。我當初被發現後第一時間就聯絡姚康讓他趕緊搬走了，他也答應了！」

「這怎麼和你無關？你要是不讓姚康住進來，能留下這個拖油瓶嗎？現在他老子都跑了！冤有頭債有主，小傅啊，這事你們直接找王棟樑，我也是受害者啊！」

「你是什麼受害者？姚康是突然聯絡不上了，這孩子也沒辦法搬，還說不通，死活說這房子就是他家，要住著，這我是有責任，可難道瞞著買家，把這小孩騙出門，然後馬上找了換鎖的把門換了，打掃完房子隱瞞實情立刻賣房的，是我嗎？」

王棟樑也越說越激動，他看向寧婉和傅崢：「兩位，他賣房給你們的時候一定沒說這房裡還有個小孩不肯走的事吧？我實話和你們講吧，原本他還不準備賣，想租出去呢，結果雖然換門鎖了，也接連來了幾個租戶，可這小孩認死理，每天就蹲在房門口，大半夜也不停敲門，所以幾個租戶都跑了，這房怎麼都租不出去，所以白先生才想索性甩脫麻煩，直接賣了得了，這不，肯定騙了你們，找上你們當接盤俠了吧！」

王棟樑和白勝你一言我一語吵上了，寧婉也終於反應過來，她才記起來，當初第一次看房後，自己在陽臺就曾經見到白勝被個髒兮兮的小孩糾纏，當初自己誤以為是乞討的小孩，如今再回想，配合如今的細節，才終於拼湊出了真相：「所以說什麼急著用錢才降價甩賣是假，因為這小孩的事沒辦法處理，想著趕緊拋售找接盤俠才是真？」

傅崢自然也意識到了這一點，臉色不太好看：「果然便宜沒好貨。」

而如今這番爭吵下，寧婉和傅崢也算是理清了當初的情況，然而始作俑者的王棟樑和白勝顯然誰也不想承擔責任——

王棟樑有錯在先，國罵又不是白勝的對手，沒多久就灰頭土臉敗下陣來，然而他也不想承擔責任：「我有姚康的電話和工作單位，別的一概沒有！」

他一邊說，一邊從包裡掏出紙筆，刷刷寫了幾下，遞給傅崢：「這是姚康的資訊，我就知道這些，你拿著，後續我不負責了，你們想去我公司檢舉我也行，反正後續的事我是真的沒辦法解決，這房子是誰的誰管！我又沒騙人把房子賣了！」

他說完，就這麼強詞奪理地走了。警察想要勸阻，然而王棟樑畢竟不是什麼犯罪嫌疑人，也沒辦法採取強制措施，王棟樑人也年輕，很快就推開警察的桎梏快步下了樓。

白勝見王棟樑跑了，自然也不想認帳，他攤了攤手，一臉賴皮：「事情就是這樣，我確實隱瞞了點 information，但是吧，房子是我的，也過戶了，而且因為這個小孩的事，我也降價了，你們也知道，自己買的房子 price 明顯低於 market 對吧？本來就沒有天上掉餡餅的事，我有錯我虧了錢，你們接手房子雖然有點小問題，但也便宜到了幾十萬沒錯吧？」

白勝顯然是個隱藏在民間的邏輯鬼才，他繼續道：「總之，我們之前也是一個願打一個願挨，你少付了十幾萬，所以就要自己解決這個小孩的事。」事到如今，他竟然還能厚著臉皮笑咪咪的，甚至語重心長地拍了拍傅崢的肩膀，「其實任何事情都有 two sides，凡事呢，要往好的方面想，你看，你也三十了。」

白勝說到這，頓了頓，暗示性地看了傅崢一眼，又看了寧婉一眼：「三十了也有老婆了，但都沒孩子，你們也懂，現在生育率低啊，汙染嚴重很多年輕人生不出孩子要試管呢，所以你說我這房子多好多應景啊，買一送一，不僅房子有了，兒子也有了？」

「？？？」

在寧婉的目瞪口呆裡，白勝厚顏無恥地笑了笑：「反正這件事，none of my business，真的幫不上，我也不是兒童節目主持人，更不擅長小蝌蚪找爸爸，你們要鬧就去房產仲介鬧，說不定還能再賠點錢給你們！」

白勝說完，看了手機一眼：「時間不早了，我得去 airport，等等的 flight 飛回 L.A.，警察先生，我真的沒空和他們在這嘮叨了，房子該交接的都交接了，問題他們自己解決吧！」

白勝這麼一說，竟還頗有種事了拂衣去深藏功與名的飄然，一臉理直氣壯地就要往樓下走，警察自然想要再勸說，然而白勝有理有據要趕飛機，這調解自然不能強制。

這警察也挺負責：「這事有點複雜，但現在占著你們房子的侵權人既不是仲介也不是前任屋主，就算他們願意坐下來調解其實也調解不出什麼，更何況這兩人明顯不配合，要不然這樣，我幫你們查查這孩子的父親，聯絡上他，才能帶走孩子，你們看行嗎？」

傅崢點了點頭：「多謝你了。」

只可惜事與願違，警察當場打了王棟樑提供的姚康電話，結果對方手機顯示已關機，而根據王棟樑提供的姚康工作單位，是一家在郊區的塑膠生產廠，一來很遠，二來這個時間，工廠肯定下班了，可見今晚沒辦法處理這事了。

警察自然也想到了這層：「這樣吧，這事我明天再來幫你們查查一起處理，這孩子我帶回派出所，晚上值班時再好好查查他爸爸媽媽或者其他親屬的資訊……」

結果警察話還沒說完，剛才全程都不為所動在看卡通的小孩就丟下手機鬧了起來：「不！這裡是我家！我不走！要走的是你們！警察叔叔應該把你們抓起來！我不去派出所！我不去！我就要在這裡！否則我爸爸來了會找不到我的！」

警察耐心解釋道：「小朋友，可是我們現在也聯絡不上你爸爸，你先跟警察叔叔回派出所，我幫你找爸爸。」

「不！我爸爸一定會回家找我的！這裡是我家！我哪裡也不去！」

「……」

大家都低估了六七歲孩子的戰鬥力，這孩子一聽要離開這房子去派出所，就在地上打滾哭叫，死活不願意離開，別說傅崢，就連寧婉也束手無策，無奈之下，幾個人也只能想別的辦法。

最終，事出無奈，警察也沒轍了，只能尷尬地和傅崢寧婉商量：「你們看這樣行不行，要不然今晚就讓這孩子在這屋子住下？我可以過來陪著孩子，你們要是介意不想住這的話，我幫你們開個房間，反正之後這錢等找到孩子爸爸我再跟孩子爸爸要就是了……」

寧婉看著小孩一把眼淚一把鼻涕的樣子，也有些捨不得，雖然沒見到小孩的爸爸姚康，但整體來看，大約是姚康串通了仲介以廉價的房租住進了白勝的房子，也不知道出於什麼目的甚至還偽造了房產證購房合約，並且連自己的兒子也欺騙了，號稱這房是他買下的，是小孩的家，小孩全身心地信任自己的爸爸，堅定地認為這就是自己家，而自己和傅崢才是壞人，也算情有可原……

幸而今天自己採購了很多日用品，目前這屋子裡不缺什麼，但這房子到底是傅崢的新房，寧婉心裡也沒底他願不願意讓出房子讓小孩和警察住，結果就在她糾結要不要勸勸傅崢之際，就聽到傅崢立即開了口——

「沒問題，這孩子今晚住這裡，我去住飯店，不過不用幫我出錢了，你們警察為民辦事也不容易，這錢我自己出就行了。」

出乎寧婉的意料，傅崢不僅當機立斷就做了犧牲自我奉獻房子的決定，聲音聽起來甚至有些迫不及待。

沒想到他竟是這麼熱心的人！

然而寧婉不知道的是，事情在傅崢眼裡完全是另外一個版本，他只覺得今晚過得都很迷醉，像是雲霄飛車一樣，先是痔瘡墊，然後中了買一送一大套餐竟然有了個孩子，本以為自己買了間中古屋已經是人生際遇裡的谷底，結果竟然還買到了間暴雷的中古屋，人生誠不欺我，真是便宜沒好貨……

但有一點傅崢很明確，那就是今晚他死活不要住在這間房子裡了。

然而寧婉倒是有些不放心了，她把傅崢拉到一邊，低聲道：「你就讓警察一個人住你房子嗎？這畢竟是你剛買的房子，裡面也有不少私人物品，孩子鬧起來這小警察一個人也未必管得住，反正是個男警察，要不然你就一起住吧？我可以再幫你們加個地鋪……」

這怎麼行？

傅崢幾乎是當機立斷拒絕道：「不用了，讓警察和小孩睡地上不太好，我走好了。」

結果寧婉瞪大了眼睛：「當然不能讓小孩睡地上，警察陪著小孩睡臥室那張大床，你睡地上啊！」

原來那地鋪是幫自己準備的……

傅崢的心情很一言難盡，但態度很堅持：「不行。」

寧婉皺起了眉：「為什麼？」

「我對小孩過敏。」傅崢鎮定道：「我沒小孩緣，也不會和小孩溝通，也不討小孩喜歡，更不會照顧小孩。」

行吧……討厭小孩還能說得這麼婉轉……

也是這時，一邊的小警察發話了：「兩位，不好意思，所裡那邊臨時有點事，我先過去處理一下，因為是打架鬥毆，場面有點血腥，孩子能麻煩兩位先看一下嗎？等我同事來交接，我馬上就能回來。」

現在時間還早，寧婉點了點頭，和傅崢一起告別了小警察。

只是既然也不能離開，還要稍微看一下孩子，寧婉想了下，這孩子如今渾身髒汙，不如趁這時間讓孩子先洗個澡。

她和傅崢商量道：「要不然趁著你走之前，先和我一起把這孩子的澡洗了？」

姚飛這孩子此刻眼淚已經乾了，正茫然無措地站在客廳裡，髒兮兮的臉因為淚痕更狼狽了，看起來很久沒洗過澡，也不知道被白勝換了門鎖趕出去後，在外面流浪了多久。

「你先讓小孩洗澡，我去樓下超市買他的睡衣睡褲和毛巾牙刷之類的……」

傅崢愣了愣：「等等，不是妳和我一起幫他洗澡嗎？」

這下換寧婉理直氣壯了：「男女授受不親，小男孩洗澡，當然你一個男人待命啊，人家萬一要遞什麼肥皂，難道我幫人家拿嗎？我說一起洗不過客氣話而已啊，你讓小孩洗著，我去幫小孩買換洗衣服！」

她說完，竟然就把小孩往傅崢那一推，然後逕自出門了……

傅崢看著自己面前髒兮兮的小孩，感覺自己這一秒即將窒息。

難道自己在寧婉眼裡就是個廉價搓澡工？還是廉價的撿肥皂工？

然而放任這髒兮兮的小孩不管也不行，畢竟這異味大得連自己站得這麼遠都快聞到了……

傅崢穩了穩情緒，看向小孩，努力冷靜道：「把你衣服脫了。」

自己都屈尊當撿肥皂的了，結果這小孩竟然十分不領情，逕自拒絕了傅崢：「爸爸說不能在陌生人面前脫衣服。」

說完，還像看色狼似的提防地看了傅崢兩眼。

傅崢都快氣笑了：「那是不要在陌生女人面前脫衣服，我是個男人，男人你懂嗎？而且我才沒興趣看你，我的意思是，你自己進浴室，關上門，然後脫衣服，洗澡。」

可惜小孩並不買帳，顯然忽略了傅崢的後半句解釋，仍舊很警覺：「爸爸說了，有些男生變態起來比女生還危險！」

傅崢一口氣差點沒上來，他努力控制著情緒咬牙切齒道：「難道我看起來像變態嗎？你見過我這麼帥的變態？我這麼帥了我用得上變態嗎？」

「不好說。」小孩吸了吸鼻子，一本正經道：「知人知面不知心，通常好看的變態變態起來更變態。」

「……」

傅崢覺得自己被氣得離撒手人寰不遠了。

只是這樣對峙下去不是辦法，傅崢雖然心裡氣得感覺自己像個炮仗都能炸上天了，但潛意識還是想要解決問題，他想了想，覺得再和這小孩糾纏下去沒有意義，不如簡單粗暴——

「你幾歲了？」

「七歲。」

「行，那我幫你放好水，你自己進去洗，都七歲了，你也是個男人，要是還不能自己洗澡的話簡直都丟男人的臉，給你十五分鐘，洗乾淨了出來！現在開始倒數計時了，快！」

傅崢也不管小孩有沒有緊迫感，只抬起一根手指，捏著鼻子，把小孩往浴室裡推：「你把澡洗了，我就讓你住在這裡等你爸爸，明天還帶你去找爸爸……」

小男孩原本有些抗拒，然而一聽到「爸爸」兩個字，眼睛亮了亮：「你真的能帶我去找爸爸嗎？真的可以住在這等我爸爸嗎？」

傅崢點了點頭。

小孩情緒一下子就好了起來：「那你說話要算數！」他伸出一根髒兮兮的小拇指，「打勾勾！」

傅崢看了這根黑乎乎的小拇指一眼：「這就不用了吧……」

小孩卻很堅持：「不行的！一定要打勾勾！爸爸這次說出差幾天，很快回來，結果就是沒和我打勾勾，到現在都沒回來……」他一邊說似乎想起爸爸，眼眶又開始泛紅。

傅崢根本沒有哄小孩的經驗，最怕小孩哭，也顧不上髒不髒和幼不幼稚了，趕緊蹲下身伸手和小孩打了勾勾：「行了行了，答應你了，你去洗澡。」

小孩得償所願，這才心甘情願地拿著毛巾進了浴室。

寧婉沒有離開太久，傅崢給她的感覺確實不太能帶孩子，因此她買完小孩的日用品就很快趕回來了，也是巧，竟然在走廊裡遇上了同樣從派出所處理完事趕回來的小警察，兩個人互相打了個招呼，聊了幾句，便一起往屋裡走。

本以為小孩和傅崢大約是勢同水火了，結果屋內的場景倒是讓寧婉愣了愣。

出乎寧婉的意料，傅崢竟然已經讓小孩洗完澡了，寧婉進門的時候，他正皺著眉一臉屈尊地幫小孩擦頭髮，模樣有些笨拙甚至不耐，但動作很小心甚至溫柔，只是擦個頭髮而已，他卻渾身緊繃，如臨大敵般，見了寧婉和小警察回來，才得救般地鬆了口氣。

這位年輕的警察幫忙把孩子的一些日用品拿出來分門別類，而寧婉便接手了小孩，很快，此前髒兮兮的孩子終於變得白白淨淨了，寧婉看了一眼，才發現小孩皮膚白白眼睛大大，長得其實挺可愛。

「你叫飛飛是吧？」寧婉溫聲地把孩子引了過來，拿出了剛才在樓下便利商店買的晚飯，「先吃點東西吧。」

小孩點了點頭，也是餓了，一下子就狼吞虎嚥吃起來，而等吃完，他對寧婉和傅崢的戒備心果然也放下了許多，都願意主動搭話了——

「姐姐，那我爸爸去哪裡了？」

寧婉放緩了語調，蹲下身，讓自己的視線能和小孩正好齊平，不給他造成心理上的壓力：「那你告訴姐姐，你爸爸離開前都發生了些什麼？你媽媽又在哪裡呢？」

小警察也在一邊鼓勵道：「沒事，你說吧，把你知道的都告訴我們，這樣我們才能更快地幫你找到爸爸。」

飛飛看了看寧婉，又看了看傅崢，這次果然願意開口了：「爸爸和媽媽以前和我住在一起，不是住在這裡，是住在另外的地方，就是我們上一個家。」

寧婉耐心道：「後來呢？」

「後來爸爸一直出去賭錢，媽媽就和他吵架，說輸了好多錢，有一些人上門討債，那時候天天睡不著，最後房子也只能賣掉，所以上個家就沒了，媽媽也和爸爸離婚回老家了……」

原來如此，寧婉心裡有了個大概的計較：「所以離婚後你就跟著爸爸是吧？」

飛飛點了點頭：「是的，媽媽身體不好，也沒錢養我，所以我就跟著爸爸了。」說到這裡，他連忙為姚康正名道：「但爸爸其實是個好爸爸，只要他不去賭錢，他其實對我挺好的，和媽媽離婚後，他也改了壞毛病，說自己再也不去賭錢了，也重新買了這間房子，要把媽媽重新找回來……爸爸走之前的幾天，我還聽到他和媽媽打電話，說我們有新家了，讓媽媽回來……」

飛飛說到這裡，眼眶又有點紅：「這房子就是爸爸買的，買來給我和媽媽住的，可不知道為什麼，爸爸走沒多久，就有個叔叔過來把我趕走，說這間房子是他的……」

飛飛不清楚情況，但寧婉和傅崢聽到這裡，互相對視一眼，就猜到了大概，如果是這樣，姚康偽造房產證和購買合約，似乎就有所解釋了——因為抵賭債把上間房子賣了導致離婚，如今的他想必是想靠偽造個房產證和合約，證明自己不僅改過自新還買了新房子，以此哄回前妻。

那為什麼突然失蹤了？甚至把孩子也丟下了？

警察也循循善誘道：「那你知道爸爸現在去哪裡了嗎？爸爸之前離開的時候有說過什麼嗎？有說什麼很奇怪的話嗎？」

飛飛搖了搖頭：「沒說什麼奇怪的話。爸爸走之前就只說要去出差，他在工廠裡上班，以前也會出差，有時候要走個兩三天才能回來，走之前會幫我買好泡麵，等我泡麵吃完，他就回來了，這次出差也是，說時間長一點，要四天，買了四天的泡麵和火腿腸給我，可是四天過去了，爸爸還沒回家……」

飛飛抹了抹眼淚：「我就一直等，可爸爸還是沒回來……姐姐，爸爸會不會出事了？我找不到爸爸，也找不到媽媽……因為媽媽在老家村裡，我也記不住媽媽的手機號碼，只有爸爸有媽媽的聯絡方式……」

飛飛一邊哭一邊指了指傅崢：「這個叔叔說，會幫我找到爸爸的，姐姐，他是不是真的會說到做到？」

傅崢皺了皺眉，剛想開口，結果電話響了，他不得不起身暫時離開。

時間已經不早了，傅崢走後，飛飛又哭了一下，寧婉和警察又好生安撫了孩子的情緒，終於先把孩子哄睡了。

傅崢中途正好去陽臺那接了通電話，結果接完電話回來，發現小孩不見了。

「睡了？」他愣了愣，臉色不好看道：「去把他推醒。」

「什麼？」

傅崢抿了抿唇：「剛才被電話打岔了，我還有事問他。」

「不是問得差不多了嗎？姚康可能不是去出差了，而是去賭了，江山易改本性難移，大概是賭癮又犯了，以往『出差』幾天能回來，應該都是小賭，這次突然失蹤，大概是欠下了巨額賭債，要麼是怕被人追債所以跑路了，要麼是因為拿不出錢被設置賭局的人扣押住了。」寧婉嘆了口氣，「黃賭毒不能沾啊，真是泥潭，沒自制力的人根本戒不掉……」

「沒，我不是要問姚康的事，姚康的情況該了解的都了解了，剩下的明天到他工廠一探究竟就行了。」傅崢頓了頓，有些不自然道：「我是要問小孩別的事。」

「不是關於姚康，那還有什麼別的好問的呀？」

傅崢顯然不想說：「妳不用管，我單獨和小孩說。」

他一邊說，一邊就想往房裡走，寧婉手快，一把拉住了傅崢：「你到底要問什麼呀？小孩都睡了，別再叫醒了過了睏的時間就不想睡了，我好不容易才哄睡的！你問了他萬一把他問清醒了，回頭不肯睡，受累的還是你和警察。」

「可我不問我會睡不著。」傅崢黑著臉，雖然嘴上這麼不甘不願，最終也沒有再往房裡走，「明天再問他。」

傅崢的樣子看起來帶了種努力抑制的憤怒，搞得寧婉十分好奇：「到底什麼事？」

傅崢憋了憋，最終沒憋住：「憑什麼他喊妳姐姐，喊我叔叔？」

「？？？」

傅崢非常不滿，質問道：「難道我和妳不是同個年代的人嗎？我看起來很老嗎？這小孩怎麼小小年紀眼光就不好？等找到他爸了，建議他爸帶他去看看眼科……」

原來你在意的是這個……寧婉簡直哭笑不得，男人的好勝心可真是令人驚嘆，竟然連這一個小細節也不放過……

她勸慰道：「沒事，小孩不懂事啊，你雖然三十了，但三十也有三十的魅力，你看看，高遠對你一往情深，肖阿姨也對你再見鍾情，你那照片當初一掛出來，社區的老阿姨們不都瘋魔了嗎？都想著分一杯羹呢……」

結果自己不安慰還好，一安慰，傅崢臉色更差了：「算了，妳別說了，讓我靜靜。」

「嗯！」寧婉拍了拍他的肩，「不行的話找陳爍聊聊，看看他最近有沒有新的保健食品推薦，三十了，男人也要對自己好點……」

「……」

第十章　雄性生物競爭

雖然嘴上說著自己要出去住把房子留下給警察和小孩，可最終這晚，傅崢還是留下了，雖然他號稱是懶得出去再找飯店，但寧婉能看出來，聽完小孩的敘述，傅崢其實也心軟了，是因為擔心小孩才留下的，這個男人有時候還真是「嘴上說著不要，身體卻很誠實」的踐行者……

最後傅崢倒是沒睡地鋪，他是在沙發上湊合睡的，寧婉因為擔心姚飛半夜醒來情緒不穩，再三考慮下還是決定留下來一起陪著他，於是小孩大剌剌地鳩占鵲巢睡在臥室床上，警察陪著孩子睡在房內，寧婉睡客廳地鋪，而傅崢則淪落到睡沙發……

這晚，傅崢從沙發上滾下來了七八次，第二天，他頂著兩個黑眼圈就起來了，臉色也更差了……

因為睡不好，傅崢索性早起幫寧婉和警察小孩都買了早餐，等寧婉起床洗漱完畢看到已經有了早餐，果然露出了感激的笑容：「傅崢，你真賢慧！」

感激是可以的，但誇自己賢慧就大可不必了……畢竟沒有哪個合夥人願意被人評價賢慧……

不過不管如何，這還算是誇自己，傅崢也就勉為其難接受了，何況寧婉看起來還挺關心自己，幾乎是立刻問起了自己的黑眼圈——

「你昨晚睡得不好嗎？」

傅崢矜持地抿了抿唇，剛想回答，結果就聽寧婉繼續道——

「你都被飛飛叫叔叔了，以後還是要注意睡眠啊，睡得少真的容易老，要注意點啊，失眠的話吃點褪黑激素……」

「……」

傅崢瞬間收走了寧婉正想吃的包子：「妳也少吃點，胖了顯老，雖然還沒三十，但妳也奔三了，四捨五入也不遠了，也該多注意下保養了。」

「？？？」

在寧婉的目瞪口呆裡，傅崢淡然地把包子吃了：「反正我都三十了，也是個叔叔了，胖和顯老我來就好了。」

這男人，吃包子就吃包子，怎麼吃得這麼怨氣沖天的？

不管怎樣，寧婉吃完了早餐，剛想著怎麼處理姚康的事，小警察就接到了派出所的電

話，他十分負責，昨天自己過來陪著孩子前，就交代了自己同事跟進這案子，如今他的同事一大早就主動跟進這件事了──

『姚康的事我查到眉目了，你們要不要來派出所一趟？』

寧婉和傅崢也沒耽擱，跟著小警察索性帶上姚飛，一起往派出所趕，姚康能有消息，這孩子第一時間也該知道。

只是沒想到風風火火趕到派出所，另一位接待的警察一見姚飛，倒是對寧婉和傅崢擠眉弄眼暗示起來，寧婉一下子就 get 了。

「飛飛，昨天看到一半的卡通還要繼續看嗎？」

飛飛不疑有他，立刻點了點頭，寧婉便把手機調好到卡通塞給了他，把小孩領進了另一間房間裡：「你先在這看一下卡通，姐姐和警察叔叔先聊下事情。」

等搞定了飛飛，寧婉才走出房間，輕輕帶上門，回到了那位警察的辦公室：「所以姚康是什麼情況？」

既然剛才警察暗示避開飛飛，那姚康失蹤，肯定不是什麼好事，寧婉和傅崢對視一眼，覺得此前兩人的猜測或許八九不離十，這姚康大概又是賭博欠債丟下孩子就跑了！

「我今天一早就聯絡上了姚康的公司，結果人事經理支支吾吾，後面才終於說了實話，姚康之前是去出差了。」

竟然還真的是出差？只是還沒等寧婉驚訝完，警察就給出了更讓人驚愕的消息——

「他坐公司的小車出差，結果沒想到路上司機疲勞駕駛，遇到了車禍，他和司機兩個人一個都沒救回來，當場死亡了。」

別說寧婉，就是傅崢也愣住了，兩人千算萬算，真沒想到姚康失蹤竟出於這樣的緣由——他死了。

「那他的公司怎麼一直沒聯絡過家屬？距離他出差已經過去這麼久了，公司就沒解決方案？」

面對傅崢的問題，警察也嘆了口氣：「因為是在出差途中發生的死亡，應該算是工傷，但公司那邊根本不想賠錢，那公司根本不是個正規公司，也沒幫姚康保過工傷保險，出了事，這錢完全得自己掏，那人事也不是個好東西，知道姚康的家庭關係，曉得他爸媽早就去世了，也沒兄弟姊妹，離婚後就帶個一點點大的小孩，索性不管不顧就私下把人火化了，打著一分錢不賠的心思……」

真是大千世界無奇不有，寧婉和傅崢也是面面相覷，見過騷操作的公司，但沒見過這麼騷的。

「那飛飛……」寧婉想到還在隔壁房間裡看卡通的孩子，心裡有些不忍，來派出所的路上，這孩子還心心念念能早日見到他爸爸呢……

這位警察也同樣相當負責：「不過好消息是，我找到孩子媽媽的聯絡方式了，已經電話通知了對方，這孩子你們也不用擔心，他媽媽今天就能來接他，總之，你們和我同事帶了一晚的孩子，也是麻煩你們了。」

昨晚陪著孩子的那位警察也一個勁地抱歉：「昨晚孩子情緒失控，我們也沒來得及查明所有事實細節，那種特殊情況下我們也不能限制孩子人身自由不顧意願就強行帶走，真的是給你們添麻煩了，真感謝你們的理解。」

「現在你們回去就行了，我看孩子現在情緒也比較穩定，不像昨晚那樣歇斯底里不好處理了，你們就放派出所，等等他媽媽會直接來派出所，剩下的交給我們負責就行。」

話雖然這麼說，但……

寧婉正在遲疑的時候，沒想到傅崢先開了口：「根據法律規定來說，工傷死亡的勞工，近親屬是可以按照規定得到喪葬補助金、供養親屬撫恤金和一次性工亡補助金的，姚康和前妻離婚了，又沒有父母兄弟姊妹，那麼姚飛作為子女，是可以領取這筆錢的，姚康發生工傷的公司那邊願意承擔這個責任了嗎？」

「那倒是沒有。」警察說著也有些無奈，「這就是個黑工廠，小作坊那種，可能很多員工都沒保保險的，甚至勞動合約都不簽，我也是交涉了好久才從側面打聽出了實情，但這種企業願意主動給出工傷賠償，那無異於上天了，要是能主動給工傷賠償，至於直接把員工私下火化了嗎？」

「這種事，我們也見得多了，你說良心發現是不可能的，也只能當事人自己去法院起訴了，還是得自己維權啊，恐怕這維權路不容易。」

「不介意的話我們在這裡陪著小孩，等他媽媽來了再走吧。」

雖然對傅崢的提議有些意外，但兩個警察還是點了點頭：「行，你們和小孩到隔壁房間裡等著就行。孩子爸爸的事，也等他媽媽到了再想個辦法告訴他比較好……不然這一下的，孩子受太大刺激了……唉，可憐……」

明明說著自己小孩過敏，面對姚飛也總露出一臉不耐敬謝不敏的神情，然而如今事情算已經有了個解決方案，完全可以直接把小孩放在派出所就好，但傅崢卻沒有這麼做，他看向寧婉：「妳有事的話可以先走，我再留在這裡一下。」

寧婉心下一動，然而面上卻維持了冷靜和平常：「你留著幹什麼？飛飛在派出所很安全，這兩位警察挺好的……」她看了眼時間，「別愣在這裡做無用功了，不如回社區幹活，昨天有個李阿姨諮詢停車位糾紛的事還沒處理呢，趕緊回去處理下。」

傅崢一開始有些彆扭和不自在，然而最終，他還是沒有起身離開，只是看向了寧婉：「我現在也是在處理社區的工作。」

傅崢頓了頓，移開了視線：「姚康也勉強算是悅瀾的租戶，所以小孩的事也算在社區法律服務提供幫助的範圍內，他們家的家境看起來並不樂觀，小孩他媽未來要一個人撫養他，總是需要一筆錢的，不管姚康是個什麼樣的人，是不是串通房產仲介騙人，但他家人是無辜的，工廠私自火化遺體，本來就是違法侵權，又不願意提供工傷賠償和喪葬這些費用，等小孩他媽來說明了情況後，我想他們應該需要律師。」

「所以你準備提供法律援助給飛飛是嗎？」

「是。」

「你不是小孩過敏嗎？」

傅崢自己這臉打得啪啪的，然而此刻繃著情緒卻還是佯裝鎮定自若，理直氣壯極了：「我確實有點小孩過敏，但我對違法者更過敏。不知道就算了，既然知情了，總不能放著不管，我又不瞎。」

說到這裡，傅崢看了寧婉一眼：「辦公室那邊妳忙妳就回去吧，小孩這件事我會處理掉，也不會占用工作時間，我會用自己的休息時間辦這個案子……」

傅崢看樣子是想繼續解釋，然而寧婉已經不想聽下去了，她打斷了傅崢，望向了他的眼睛：「我看人沒走眼，選的徒弟也沒帶錯。」

寧婉的眼睛亮閃閃的：「你不需要向我解釋，你所做的一切都是一個社區律師真正應該做的，我們是最基層的律師，我們和最基層的人們打著交道，雖然在律師行業裡來說，我們處於鄙視鏈的底端，那些做商業做非訴的律師肯定看不起我們，我們算是律師裡的非主流，但我們得要做主流的事。」

「我在法學院的時候，每年老師都說，法律市場過分飽和了，所以法學生就業率幾乎是所有科系裡倒數的，除了少數考公務員去警察局、檢察院、法院的，大部分法學生最後選擇了完全不相關的工作，去銀行、去企業，選擇成為律師的很少，不僅是因為做律師苦，更是因為律師太多了，可案源卻只有那麼多，大部分律師甚至根本沒什麼活可幹。」

「但等我真正做了律師，我才發現，其實不是這樣的，我們國內註冊律師確實很多，二〇一八年就已經突破四十多萬人了，如今肯定更多了，可這四十多萬人裡，百分之八十的律師，可能只為百分之二十的人服務，大家爭搶的都是這百分之二十的有錢客戶和案源，可在社區甚至更偏遠的農村基層，大量的人是根本沒有律師的，有大量的活，可根本沒有律師願意幹。」

「我原本也看不上社區律師這份工作，但真正做起來，我才發現是有意義的，是有價值的，我們每做的一點點小的法律援助，有時候改變的是別人的人生，雖然有時候錢確實少了點，但看著自己的奮鬥真的在改變這個世界，不覺得很熱血嗎？」

「一開始你來社區，很多觀念和做法都不親民，但現在的你，從想法和行動上，都已經變得越來越有人情味和責任感了。」寧婉眨了眨眼睛，「怎麼說呢，也不是說你以前不優秀，而是以前的你給人感覺有距離感，像是懸浮的，但現在你真正腳踏實地，有一種落地的踏實。」

說到底，基層律師真的並不比高級的商業律師還沒價值，兩者都有存在的必要性，兩者也都有大量的需求者，職業沒有貴賤之分。

自從做了社區律師以來，寧婉也不是沒受到過別人的看不起和輕視，自己一開始心理上也不好受過，曾經對這份工作懈怠過，但真正調整過來以後，全身心投入，很多時候也自我感動和滿足過。

雖然偶爾在別人看來是多管閒事或者聖母病氾濫，窮忙窮忙的，但管他呢，對得起自己的初心就好，不是還有個詞叫窮開心嘛！

一想到這，寧婉心裡又有些感慨了，她看向傅崢，真心實意道：「作為你的前輩和過來人，我也真的希望你能真正喜歡自己的工作，能真正在工作裡找到這份職業的價值，這樣就算以後你轉做商業方向了，也能記住這段經歷，不忘初心，不會變成那種訟棍或者為了錢什麼都願意幹的律師。」

她說完，一本正經地拍了拍傅崢的肩膀：「好樣的，傅崢！」

而寧婉說到這裡，刻意壓低了聲音，像是要分享什麼大祕密一般，偷偷對傅崢接著道：「實不相瞞，我最近和所裡馬上要來的神祕大Par接頭了，等我進了他的團隊，就把你也引薦進去！保持你現在的工作熱情，我看你再努力個半年，肯定也能讓人家入眼了！總之，不要灰心！繼續努力！」

「……」

飛飛的媽媽盧珊是在飛飛午睡的時候到的，她此前在容市附近的老家，得到消息趕來也是一臉行色匆匆和憔悴，一見警察就挺焦急：「飛飛在哪？」

「飛飛剛在看卡通呢，現在累了剛睡著。」

等警察帶她推開隔壁門見了熟睡中的飛飛，盧珊的焦慮才終於緩和了不少：「給你們添麻煩了，我平時都和飛飛爸爸聯絡，家裡條件不好，飛飛又小，沒買過手機給他，姚康說新買了房子也沒裝座機，之前因為姚康工作常常出差，我和他又已經離婚了，本來也十天半個月才聯絡一次，我也沒當回事，以為他帶著飛飛，沒想到遇到這種事……」

盧珊想著孩子的事，顯然有些後怕，神色更是有些氣憤：「我還以為姚康這人改正了，真的想好好過日子了，我竟然還真的考慮過是不是為了孩子復婚，結果丟下孩子人又不見了！我看是又去賭錢了！真是狗改不了吃屎！」

一講到這裡，盧珊眼眶也有些紅：「也怪我自己不爭氣，沒本事，連個穩定工作也沒有，就只能當家政做做臨時工，身體還不好，根本沒辦法養活孩子，一來工作都是住家，也沒辦法把孩子帶在身邊，才把孩子給他帶……」

「盧女士，事情不是這樣，飛飛爸爸這次還真的不是去賭錢了……」

警察遞了紙巾給盧珊，等盧珊情緒更穩定些，才一五一十把事情和盤托出：「……總之，情況就是這樣，飛飛那邊我們怕刺激孩子，還沒和孩子說，妳來了，安撫好孩子，看什麼時候合適，再和孩子溝通吧，我們看孩子還是挺依賴爸爸的……」

雖說盧珊憎惡姚康賭博惡習，離婚前也幾乎把感情吵沒了，然而乍一聽姚康竟然出車禍身亡的消息，整個人也是呆呆愣愣，一時之間都沒反應過來：「你們說什麼？姚康死了？姚康怎麼就死了？他身體不是很健康嗎……」

寧婉和傅崢交換了個眼色，別說孩子，就是已經離婚的前妻，聽到姚康去世的消息果然也無法接受，兩個人扶著盧珊安慰了許久，盧珊的情緒才終於平靜下來，只是眼淚還是忍不住掉。

「結婚一場，雖然他這個人真的一身臭毛病，但我也沒想到他會遇到這種事……甚至沒見到最後一面，他就被匆匆火化了……」盧珊抹著眼淚，「他那個工廠，怎麼可以這樣？孩子都沒能好好和自己的爸爸告別，怎麼能這樣擅自處理？」

傅崢見盧珊提及這個話題，便順水推舟開了口：「盧女士，關於這個問題，其實還涉及到姚康的工傷賠償、撫恤金的事，飛飛作為兒子，是有權要求姚康的工廠支付這個費用的，如果妳有需要，我可以替妳代理。」

事出突然，盧珊其實還沒理清頭緒，見到傅崢這樣毛遂自薦，一時之間便是遲疑和戒備：「你是律師？可……這樣打官司要花多少錢？我、我沒有那麼多錢……而且官司一定能贏嗎？這個賠償一定能要到嗎？能要到多少錢？大概得要多久？」

「我們是律師，我們兩個一起為飛飛代理維權，無償的。」寧婉笑了笑加進了話題，傅崢如今是實習律師，沒辦法單獨辦案，所以她必須一起參與，「我們就是這社區的律師，飛飛也算和我們有緣，他已經沒了爸爸，以後就需要妳帶著撫養了，如果能爭取到這筆傷亡賠償，想來你們的生活也會寬裕不少，妳也能換個收入少但能帶著孩子的工作。」

盧珊一開始顯然不太信：「真的什麼錢都不要？免費的？可姚康還騙人造假了房產證，害你們住著的房子都出現了麻煩……」

「沒關係，交給我們吧，但和飛飛溝通爸爸出事這件事，還麻煩妳了。」

盧珊說來說去也不見得多相信寧婉和傅崢，然而大約再三確認是免費的，抱著死馬當活馬醫的心態，還是決定試試。

傅崢和她溝通了代理的事宜，又收集了部分資訊，才約定等飛飛了解事情後再繼續下一步，而期間傅崢也會先行與姚康生前所在的工廠溝通：「我會盡量走調解結案，和對方溝通和解方案，爭取拿到應得的賠償，努力不走起訴路線，起訴太花時間了，簡短快速地解決這個案子讓你們早點拿到錢，早點開始新生活比較實在。」

傅崢和寧婉又交代了盧珊一些細節，才告辭離開，剩下的事，就是等飛飛接受事實後由盧珊作為法定監護人走完律師委託程序了。

回社區辦公室的路上，傅崢挺自告奮勇：「接下來的事交給我就可以了。」

「和那種黑作坊溝通談判，你沒問題嗎？」

「沒問題。」傅崢抿了抿唇，清了清嗓子：「我挺擅長的，妳也帶教我一段時間了，我也該單獨鍛鍊下能力，不需要什麼事都由妳手把手教了。」

因為以往沒有基層經驗，雖然是合夥人，但來社區以後，很多地方傅崢確實也仰仗寧婉的提點，但如今漸漸適應了社區案件的節奏，傅崢覺得是時候幫自己重新樹立下形象了。

總不能每次都讓寧婉跟老母雞護崽一樣，是時候讓寧婉看看自己的實力了。

果不其然，寧婉看向傅崢的眼神，一下子就充滿了讚賞：「那就交給你了！」

傅崢對這種眼神相當滿意，明明接了個以往根本不會做的免費法律援助案件，但心裡竟然有些輕飄飄的愉悅，只是這份愉悅在看到社區辦公室門口站著的不速之客時就煙消雲散了。

好死不死，門口竟然站了陳爍。

傅崢嘴角的笑意漸漸淡了，表情冷淡地瞥向陳爍。這個之前莫名其妙攻擊自己年紀大的人，怎麼又來了？

陳爍見了和寧婉同行的傅崢，也是一愣，雖然看向傅崢的臉色並不好看，但一面對寧婉，他笑得又溫柔又和煦。

「寧婉學姐！」他露出陽光健氣的笑，朝寧婉大力揮了揮手，「我剛在外面特地帶了妳喜歡的飲料給妳。」他說著，就把手裡的東西遞向了寧婉。

寧婉見了學弟，自然有些意外和驚喜，她接過了陳爍的飲料：「你真貼心！正好還是我喜歡的口味！謝謝啦！」她笑了笑開玩笑道：「下次來記得也幫傅崢帶一杯吧，不過他不喜歡奶茶，弄個什麼烏龍茶就行，正好他要出去辦案，不然還能順手帶著喝……」

這熟稔的語氣和自然而然關心的態度，陳爍只覺得彷彿有十萬隻螞蟻在啃噬著內心。

好在寧婉吸了口奶茶，很快轉移了話題：「不過你怎麼沒提前和我說一聲就來呀？」

陳爍重新露出了笑意：「正好開完庭路過。」

陳爍難得來，寧婉自然不肯放過：「所裡最近有什麼八卦嗎？那個馬上要加入的大 Par 你見過沒？他開始選團隊了嗎？」

「這個 Par 還挺神祕的，目前大家也都在猜測什麼時候開始選人進團隊，不過最近中級合夥人倒是有挺大的變動，沈玉婷連人帶團隊走人了，高 Par 找她談了次話，實際聽說是她案子走私帳被發現了，所以其實是開除，不過也算顧全臉面，所以對外說是正常主動離職而已，但大家都傳說是因為團隊做事不合規，外加李悅和胡康工作態度不認真，說了讓他們也來社區輪流駐紮結果根本不來……」

這個消息著實讓寧婉愣了愣，她沒想到有朝一日高級合夥人還能徹查這些事：「高遠怎麼知道的？」

「聽說是有人直接向他提供線索檢舉了。」

寧婉頓了頓，詢問地看向了傅崢，傅崢也不矯情，默認領受了這份功勞。

陳爍不知道內情，還在兀自誇讚這位檢舉者：「這個實名檢舉挺有勇氣的，本來在社區輪流就不該是妳一個人的事，結果李悅和胡康都不來，硬生生把工作量都壓在妳身上了，這檢舉得挺好……」

陳爍笑笑：「而且高 Par 無意間透露是個男生檢舉的，這樣一來，大家也都不會覺得是妳做的……」

雖說檢舉不正之風這種事其實在道德上沒有任何瑕疵，但歷來辦公室潛規則對這類檢舉的同事不管如何都會敬而遠之，就彷彿是小學時候檢舉同學作弊的班長一樣，大家明明知道班長做的是對的，但心理上總會默認對方是個告狀精，不可信，一方面享受檢舉者檢舉帶來的利益，但一方面又孤立檢舉者。

要是沒有高遠無意間透露檢舉者是個男性，寧婉毫無疑問將是第一個被懷疑的對象，畢竟李悅和胡康不來社區，自己是最大的利益受損者……

然而如今說是個男生……

陳爍沒多想，但和沈玉婷交好並且還留在所裡的其餘幾個合夥人卻不一定不會多想，正常哪個老闆都不會想要不聽話的下屬，這種有過檢舉前科的，更覺得是問題人物，不願意收進團隊的……

高遠或許對傅崢賊心不死，所以為了討好傅崢，他一檢舉就把沈玉婷處理了，但傅崢這人到底還是太天真了！

男的檢舉者，又和李悅和胡康這幾個有利益牽扯的，不是自己，自然很容易猜測是傅崢了，畢竟他如今也在社區，李悅和胡康不來，傅崢的工作量也加大……

可惜傅崢此刻還一臉傻白甜的雲淡風輕，寧婉急得不行，也不管陳爍在場了，逕自丟下陳爍，就把傅崢拉到一邊私下敲打起來：「高遠透露檢舉人是男生一定不是無意的，只不過演技純熟弄得像是不小心透露的一樣……」

寧婉這話倒真是讓傅崢愣了愣，他當初讓高遠那麼做，其實是為了保護寧婉，只是沒想到竟然被寧婉識破了？傅崢沒想到寧婉會這麼犀利，竟然還挺聰明，看樣子確實是適合來自己團隊的好苗子。

他輕輕咳了咳，正準備接受寧婉涕淚橫流的感激，結果卻聽寧婉恨鐵不成鋼道——

「你可真是個傻的！打抱不平也要先保護好自己呀！你看看高遠這人多老奸巨猾，你細細品品，他到底安的什麼心？他這麼一說，很容易推測檢舉人是你，那以後哪個合夥人願意要你進團隊？還不都覺得你是個問題人物難管？還不是只剩下想那個那個你的他？這時候你要是想發展事業進好點的團隊，就只有他的了，那還不是得被他拿捏？」

寧婉越說越氣：「這個色狼，真是不要臉！」

「……」

傅崢一言難盡地看向寧婉，想要收回自己剛才判斷她聰明的話語，同時又有些同情高遠，他覺得高遠如今的口碑可能是挽回不了了……

兩個人正這麼低聲說著，那邊被冷落的陳爍用力咳了咳：「傅律師不是忙著出去辦案嗎？寧婉學姐，妳有什麼事需要商量的找我就行了，有案子需要討論的話我也隨時奉陪，還是先讓傅律師去工作吧，他這樣年紀大才入職當律師的，積累經歷的每一分每一秒都很珍貴。」

這是找存在感了。

傅崢皺著眉看向陳爍，然後他笑了笑，一臉友善地建議道：「反正我要去姚康的工廠取證，不如正好送一送陳律師？你也該回總所了吧？」

結果傅崢這話下去，陳爍並沒有露出不滿的神色，相反他也笑了起來，慢吞吞道：「忘了說，因為考慮社區律師的工作確實比較繁重，本來應該由李悅和胡康一起來社區值班，但這兩人之前也沒來，現在也離職了，所以我特地向高 Par 申請調來社區工作。」

陳爍講到這裡，意味深長地看了傅崢一眼：「畢竟我本來就一直想來社區鍛鍊，只是很可惜，之前被人意外地空降擠占了名額，現在既然再次申請來社區，也算是重新上了正軌吧。」

「真的嗎？」

寧婉的驚喜終於讓陳爍心裡好受了點，他情緒緩和下來，溫和地笑了笑：「是的，我今天來就是想說這個消息，理論上工作從明天正式開始，總所那邊的工作也會繼續做，不過考慮到來社區掛職駐紮，所以總所那邊安排給我的工作量會輕鬆些，另外正好今天下午我也沒什麼事，所以就想過來提前適應下。」

「太好了太好了，這樣我們社區更是如虎添翼了！」寧婉絲毫沒掩飾自己的情緒，很是熱情，「你在這裡等著，我去季主任那裡幫你申請批預算！爭取明天就幫你採購辦公用品，特別是椅子……」

寧婉說完，就風風火火去隔壁找季主任了，辦公室裡只留下傅崢和陳爍。

寧婉一走，這兩人連表面的友善也懶得維持，陳爍朝傅崢挑了挑眉：「傅律師不是要辦案？現在可以去忙了吧？」

傅崢臉上還維持著友善的面具，他笑了笑：「我們社區律師平時辦公經費吃緊，要是採購了椅子，到別的需要花錢的時候，寧婉就申請不到費用了。」

他看了陳爍一眼：「椅子我看也不用特別買吧？正好之前寧婉幫我買過一張高貴典雅地中海藍，我現在換椅子了，那個就閒置不用了，何況我們社區工作繁重，也不知道陳律師能在這裡幹多久，用那張椅子應該足夠了吧？畢竟萬一陳律師你只是來社區過渡呢？特地花錢配一張椅子就沒必要了。」

其實傅崢這話說得溫聲溫氣，模樣也特別落落大方，但陳爍卻覺得刺耳極了。

他這是什麼姿態？這話說得好像他是個以大局為重，成天為家庭考慮，精打細算，真正會過日子的原配正宮，話裡話外都在暗諷自己是個不知道哪個野路子來的只會揮霍花錢只管享受並非真愛，因此也不會打從心裡為家庭考慮的野雞，不僅不貼心，還不懂事……

而傅崢那番故作姿態的大方，也讓陳爍打從心裡不爽，就寧婉那種傻愣愣的勁頭，身邊有這樣老奸巨猾的佞臣，恐怕早晚被這人韜光養晦了篡權……

其實陳爍從第一次見傅崢就不喜歡他，因此每次見他都抑制不住敵意，他喜歡寧婉，因此見寧婉身邊出現的一切雄性生物都反感，尤其傅崢這樣的，存在感和氣場太過強烈，一下子就激發了陳爍的危機感。

而且傅崢這話，聽起來句句都不像好話。

陳爍心裡一邊想一邊冷笑，面上還是露出了友善的笑：「你年紀大，你是前輩，但實話說，一般年輕人比年紀大的更能吃苦，畢竟年輕力壯的，何況一開始我就主動申請來社區了，我一直很期待和寧婉一起在這裡工作，你放心，我一定會在社區好好幹下去。至於椅子，確實不用特地採購，既然有閒置的，還是高貴典雅地中海藍，我就坐那個好了。省下的寧婉要是以後想添置點什麼，也方便。」

陳爍這麼說了，傅崢臉上反而露出了遲疑和思忖的表情：「不過……要不然還是算了吧，還是買張新椅子吧，畢竟那張椅子，確實有些不高級……也不知道陳律師能不能吃苦坐得下去……」

呵，和我鬥？陳爍心想，不就四兩撥千斤化被動為主動嗎？他也行。

自己都是成熟律師了，還能鬥不過傅崢這種剛出道的老東西？

自己還年輕，倒要看看是誰笑到最後！

於是陳爍笑著道：「沒關係，我既然申請來社區，就不是怕吃苦的，我不用買新的了，就坐這張。」

傅崢也笑了：「既然陳律師這麼堅持，那我就幫你把這張椅子拿出來。」

只可惜很快，陳爍就有些笑不起來了……

因為傅崢笑咪咪地打開了雜物間，指著落滿灰的廉價塑膠椅子：「喏，就這個。」

「……」

這張椅子，未免也太破了吧？這廉價又鄉土的藍色，這搖搖欲墜的塑膠椅腳，這落滿灰塵的二手古舊感……

陳爍瞪向了傅崢，傅崢也平靜地回望陳爍。

兩個人你來我往暗流湧動，就差用目光交戰了。

結果寧婉從門外跑進來打斷了傅崢和陳爍之間的膠著，她大大咧咧道：「陳爍，我和季主任說啦，明天幫你買椅子，今天你先湊合下，正好傅崢要出去辦案，你就先坐傅崢的椅子吧。哎？傅崢？你怎麼還沒走？」

「……」

寧婉心裡還是有自己的，陳爍鬆了口氣，佯裝自然道：「還用採購嗎？我剛聽傅律師說，不是還有張藍色的塑膠椅子嗎？我坐那個就好。」他單純地笑笑，「我不挑的，能來這裡工作就很好了。」

寧婉聽了果然不依，她立刻搖了搖頭，坦率道：「那張椅子不行，太差了，坐起來不舒服，預算批下來了，幫你買張好的，之前季主任推了個房源給傅崢結果埋了個隱藏的大雷，我用這事『威脅』他呢，他自己心裡有愧，所以爽快批了這筆錢，可以用來幫你買椅子了。」

「……」

傅崢默然不語，陳爍終於揚眉吐氣。

可惜寧婉不知道這暗流湧動，她奇怪地看了抿唇一言不發的傅崢一眼：「傅崢，你還不去辦案子嗎？要不然趕緊去吧，那工廠可遠了，去晚了回來的公車會趕不上的！」

「……」

傅崢的心情有些莫名其妙，他不知道這個陳爍怎麼回事，幾次三番都出言攻擊他的年齡，每次見到自己，那眼神不僅充滿敵意，要不是寧婉在場，那氣勢甚至恨不得和自己打一架似的。

自己此前根本不認識他，和他無冤無仇，怎麼就招他恨上了？

不過傅崢雖然有些納悶，但還是雷厲風行地去了姚康的工廠做了調查取證，證明工傷首先需要勞動合約，但即便有姚康這些資料，顯然也都滅失了，這黑工廠又沒有幫員工保過保險，因此只能透過現場取證，包括證人證言的收集、此前上工單姚康的簽名、工服等等的物證入手，做完這些，又返回派出所和已經得知父親情況的飛飛母子簽了代理合約，之後再好好整理資料，就可以找工廠談判了。

對於這類談判，傅崢非常遊刃有餘，對這個案子也十分有把握。

唯一讓他有些在意的是陳爍。

做老闆，一定要對下屬足夠寬容和大度，更要睜一隻眼閉一隻眼，即便以前遇到業務能力特別糟糕的員工，傅崢也都能保持冷靜，甚至鮮少對他們背地裡的攻擊或吐槽予以回饋，但每次遇到陳爍的主動挑釁，也不知道怎麼回事，都忍不住要回擊。

傅崢誠懇地想了想，覺得這樣不行，兩人目前可能還要在社區長期共事，萬事還是以和為貴，自己有必要主動化解對方的敵意。

知己知彼百戰百勝，他打了通電話給高遠：「陳爍這人是不是人品不行？挺喜歡搞小團隊排擠別人搞內鬥？」

結果高遠的回答和他的預料大相逕庭：『沒啊，他口碑挺好的，年輕有為，踏實肯幹，辦案子熱情積極，長得也帥，在所裡人氣很高呢。』

傅崢愣了愣：「那他和同性是不是都相處得不太好？」

『沒啊，所裡好幾個男律師和他關係挺好的，平時週末還一起約打球呢，而且情商可高了，再難纏的客戶，陳爍出面，也都搞得定，我們都打趣呢，誰要是能和他相處不來，一定是自己有問題，奇葩中的戰鬥機！』

「……」奇葩戰鬥機傅崢頓了頓，冷笑道：「你把他派到社區來到底什麼意思？是嫌我一個高級合夥人坐鎮社區還有搞不定的事嗎？」

『我怎麼會懷疑你的能力呢！』高遠求生欲很強地解釋起來，『我特批他到社區不過是成人之美！』

傅崢皺了皺眉：「什麼？」

『就你也知道吧，之前你這個崗位，是陳爍申請的，後來因為你，他才沒能去，但說實話，你說社區有什麼好的？確實是邊緣化的業務，所裡正常是沒人願意去的，尤其陳爍又跟著挺好的團隊，真的犯不上去社區，可他三番五次特地申請調去社區，你說為了什麼？』

「為了在基層鍛鍊？」

『人家又不是你這樣的高級合夥人，這些年輕律師本來就活躍在基層！哪裡還需要再累積點基層經驗啊？』高遠無語道：『陳爍這明顯是醉翁之意不在酒啊！』

傅崢抿了抿唇：「他想幹嘛？」

『你知道陳爍和寧婉是同個高中的吧？人家以前入職單上，為什麼選擇我們所這個問題下面，填得清清楚楚，就兩個字——寧婉，人家就是為了寧婉來的！你沒發現陳爍看寧婉眼神都不一樣嗎？這明顯就是暗戀啊！』

高遠嘖嘖有聲道：『你想，我看著這一段馬上就要成的佳話，我為什麼要阻撓呢？你自己說對寧婉又沒那意思，那陳爍一直一往情深，我就做個紅娘唄！何況陳爍和寧婉，男才女貌，登對得不得了，陳爍幾次申請想去社區和寧婉一起不就是為了增加接觸的機會，好追求對方嗎？』

傅崢頓了頓，冷靜地反駁道：「可陳爍不是寧婉的學弟嗎？比寧婉還小，幼稚，不成熟，姐弟戀能有什麼好結果？」

『切，這你就不懂了，現在就流行姐弟戀，小狼狗小奶狗可受歡迎了！』

「還小狼狗呢？我看那是狂犬病。」沒來由的，傅崢心裡有些不太愉快，他想起陳爍莫名其妙的敵意，頓時覺得很是討厭，心下也更是不悅，「只有成熟的男人才有魅力，陳爍那種，和寧婉根本不搭……」

『你得了吧，還成熟男人有魅力呢！你知道網路上怎麼稱呼我們這些年紀的人嗎？人家叫我們老狗比！』

「……」傅崢噎了半天，才憋出幾個字，「怎麼這麼粗俗！」

『不過，你突然問陳爍的事是怎麼回事？』高遠是個聰明人，聯想上下文，就有些頓悟了，『他對你態度不太好？』

「嗯。」

『那你也擔待點，人家這是荷爾蒙青春期要完成雄性競爭，就和求偶期的動物一樣，看到別的雄性，就忍不住有戰鬥欲，陳爍還是年輕人嘛，難免對你有點敵意。』高遠話鋒一轉，馬屁道：『你要想，他的敵意對你是一種變相肯定，你要是個肥頭大耳的禿頭，人家就不會視你為威脅對吧？就因為你很優秀，陳爍這小孩才沉不住氣嘛。』

傅崢的心情平靜了一些，他覺得高遠說得對。

高遠繼續勸慰道：『但你別說，他們要是成了，其實挺好的，夫妻兩個同行很穩定，不如你以後把兩個人一起收進團隊，雙劍合璧，你嘛，作為他們戀愛的見證者，也算半個媒人，以後這團隊感情不是蓋的！』

傅崢不想聽下去了，光想到陳爍那張臉，他就心裡不舒坦，把他弄進自己團隊，是給自己找不痛快嗎？

就算陳爍是要追求寧婉，但也不能成為他隨時釋放敵意的理由，談個戀愛而已，這麼強的占有欲簡直有毛病。更何況寧婉根本沒和他談呢！有自己這樣的參照物在身邊，寧婉能看上他嗎？

呵。

「好了，不說了，我去忙了。」

高遠顯然沒聊完：『哎哎哎？這就不聊了？你沒別的要問的嗎？』

傅崢頓了頓，想了想，覺得確實還有一個問題有些在意：「還有一個問題。」

高遠挺熱情：『什麼？』

「你覺得陳爍很帥是吧？」

『是啊，挺有精神的小夥子。』

「那和我比呢？」

『？？？』

高遠愣了愣，傅崢這語氣，怎麼像爭風吃醋似的，難道自己誇陳爍帥，他還要吃味嗎？都說有些人對自己特別在意的朋友也充滿占有欲，沒想到傅崢這麼重視自己，甚至不允許自己多看別的男人兩眼！

他心裡一時之間有些動容：『崢，在我心裡，還是你帥……』

結果話還沒說完，電話那端就傳來了傅崢嫌棄的聲音：「你這個語調太噁心了，掛了，最近別打電話給我了。」

『……』

高遠很委屈，這電話是傅崢主動打給自己的，問題也是傅崢自己問的啊！何況明明說了問一個問題，他還問了兩個呢！

傅崢和高遠打完電話，覺得自己做好心理建設了，陳爍比寧婉還小，不過就是個不成熟的後輩，很多挑釁行為，一笑而過就行了。

而等傅崢回到辦公室，陳爍倒是不在了，就寧婉一個人蹲在辦公室中央，正搗鼓著一個碩大的紙箱，她見了傅崢，鬆了口氣，立刻露出了得救般的表情——

「還好你回來了。」

這話聽起來還有點像話，畢竟陳爍這種年輕人關鍵時刻確實不可靠，還是成熟男性更值得依靠……

只是很快，寧婉的話打斷了傅崢的思緒——

「你來得正好，剛才陳爍所裡有點事先走了，明天才正式來社區上班，這個椅子我千催萬催，倒是已經送來了，可惜我不太會組裝，你過來幫我看看怎麼弄。」

「……」傅崢一字一頓道：「妳讓我、幫陳爍、裝椅子？」

寧婉理所當然地點了點頭：「對啊，我們趕緊弄好，這樣明天他來，就有椅子坐了。」

傅崢心裡有點不是滋味，自己當初來社區的時候，寧婉可不是這麼熱情的，那張廉價的塑膠椅子，自己可是忍辱負重坐了好久，靠著自己的努力讓寧婉改了觀，才坐上了好椅子，怎麼輪到陳爍，就一步登天了？

不過心情複雜歸心情複雜，傅崢還是蹲下身，和寧婉一起把紙箱拆了，雖然原本從沒幹過這種活，但傅崢還是不辱使命地很快把椅子組裝好了。

令他頗感欣慰的是，寧婉買給陳爍的椅子和自己的是同款，這點總算是一視同仁。

椅子組裝好，寧婉很高興，又拿了抹布過來擦拭，然後叫傅崢去把外包裝的紙箱收走，傅崢挺配合，只是等寧婉都把新椅子擦乾淨了，傅崢都沒扔完紙箱，寧婉一抬頭，才發現他站著，手裡拿著一張紙，皺眉抿唇死死盯著。

寧婉走近一看，才發現傅崢看著的正是購貨單，上面寫著椅子品名和價格，她走過去拍了拍傅崢的肩：「和你買的是同款啦！」

傅崢的表情有些克制，但最終似乎還是沒克制住，他抿了抿唇，看向了寧婉，很快又移開了目光，有些不在意般詢問道：「既然是同款，為什麼陳爍的椅子比我的貴？」

寧婉挺欣慰的，傅崢這人吧，雖然家道中落了，但因為以前的少爺做派，有時候其實對價格細節都不太敏感，這次一眼就能看出同款椅子不同價，寧婉覺得他真的越來越會過日子，觀察也越來越入微了，很是替他高興。

「你那張當時店鋪有折扣，陳爍這張沒趕上活動，外加通貨膨脹嘛，所以貴了快一百，但其實東西都是一樣的。你那把更物美價廉CP值高呢！」

只可惜寧婉並不知道CP值高在傅崢眼裡並不是什麼好事，在傅崢樸素的價值觀裡，貴的就是好的，CP值高等同於廉價，在他只過百分之十的人生經驗裡，寧可買華而不實的東西，也不買CP值高的東西。

其實在社區以來，傅崢的臭毛病已經改掉很多了，如今看自己那兩千兩百多的二手傢俱，甚至都覺得還行，可沒有對比就沒有傷害，同一張椅子，憑什麼自己的就便宜，陳爍的就貴？難道自己比陳爍廉價嗎？

傅崢的少爺脾氣作祟，覺得心裡有些不舒服。

不過他覺得自己不應該計較什麼，說到底，寧婉和陳爍，都是自己的下屬，一個老闆，應該大度些。

第二天一早，陳爍果真來報到了，雖然社區律師也應該穿職業正裝，可陳爍從頭到腳的裝束，讓傅崢覺得他彷彿公孔雀開屏。

只是公孔雀開屏也有個度，就算是喜歡寧婉想追求，也不能穿得搔首弄姿過猶不及吧？

傅崢在心裡冷冷地給陳爍扣了分——一個職業律師，應該以工作為重，即便工作中想要近水樓臺先得月順帶解決下感情問題，但不管如何，工作是第一位的，不知情的人還以為陳爍準備去結婚呢！

可惜準備去結婚的陳爍顯然沒意識到這一點，他雙眼炯炯有神毫無遮掩地盯向寧婉，像個哈巴狗似的一下一個問題一下一個問題——

「寧婉學姐，這類諮詢是記錄在這個表格裡嗎？」

「電話諮詢需要做回訪嗎？」

「這個案子案情複雜，我會梳理一下再跟妳彙報討論！」

「……」

傅崢冷眼旁觀，陳爍這人，倒是挺心機，明明這些事他自己都會，但為了奪取寧婉的注意力，就時不時刷一下自己的存在感，又裝出一副熱心好學的樣子，寧婉這傻的，根本不知道人家內心的一盤棋，還樂呵呵地手把手一路指點。

看來這職場，不會獻殷勤真的不行。

傅崢第一次從員工的角度看職場，覺得新鮮之餘，也有些成竹在胸的了然，他調整了表情，露出了真誠的友善，看向了陳爍——

「陳爍，你有什麼不會的，來問我就好了，這些很基礎的東西，我來教你，寧婉那邊還有一些總所的事情要處理。」傅崢笑得溫和又正派，「反正我當初剛來社區，寧婉也是這樣手把手教我的，我都記得，再教你就行了，對我自己來說也算溫故知新。」

對於傅崢的提議，寧婉倒也很樂意，這幾天她都和那位大Par郵件聯絡，對方安排小作業，她就完成，一來一往，她都很期待每天的郵件，對方的思緒確實縝密又老練，寧婉在對方的「批改作業」裡，每次都能有新的體悟。

昨天大Par安排給她的題，她還沒想出來呢，如今傅崢願意幫忙，她簡直求之不得：「那傅崢你帶陳爍熟悉下環境，對了，還有提供下照片給社區季主任那邊，就你之前來的時候那些流程，你都幫他走一下。」寧婉感激道：「麻煩你啦。」

寧婉說完，果真到一邊去忙自己的事了，昨天那道題挺有難度，傅崢預估她一沉浸到案例裡，短時間內都沒空去理睬陳爍了。

果不其然，陳爍一聽自己的對接人變成了傅崢，剛才的如沐春風立刻就沒有了，他斂住了情緒，看向了傅崢。

傅崢抿了抿唇，表情自然地開始指導他處理社區諮詢的紀錄，告知接聽電話的注意事項，可惜陳爍卻全程黑著臉，他敵意地看向傅崢，壓低聲音道：「你故意的吧？」

傅崢微笑：「我只是作為社區辦公室的前輩，帶一下後輩而已。」

陳爍也笑：「傅律師，我比你早入社會，工作經歷而言，你才是後輩呢，所以也不麻煩你指點了，我還是自己摸索吧。」

「可社區工作和總所的工作區別挺大，很多經驗是總所不可能積累到的，你真的確定不需要我的指點嗎？」

陳爍抿了抿唇：「不需要。」

這濃烈的敵意，陳爍看起來都不打算掩飾了。

年輕人，真是沉不住氣，傅崢也沒在意，因為很快，電話諮詢就來了，他忙於工作，等接完最後一通來電，才發現已經中午了。

「走走走，今天陳爍入職我們社區第一天，我請客，我們去吃頓好的！」寧婉情緒激昂，「就去吃日料吧！陳爍你最喜歡的！」

陳爍和煦地笑起來：「妳還記得我喜歡吃日料呢。」

「傅崢，你日料也OK吧？」

都已經做好決定了，再問自己，那就不叫徵詢意見，而叫通知了，這虛假的形式主義民主，傅崢想，自己還能怎樣，作為一個高級合夥人，還不是以大局為重順水推舟不為難年輕下屬嗎？

「嗯。」

「那走吧！」

三個人便一起到了附近一家等級不錯的日料店裡，一點完菜，自然要聊聊天，然而明明一開始聊的話題是社區工作，陳爍一加入，很快就把話題引到了別的方向——

「妳還記得我們高中那個教務主任嗎？她不是最討厭我們校長嗎？兩人成天吵架那種，結果妳猜猜我上次回學校知道什麼消息了？他們結婚了！」

「還有以前我們高中榮譽畢業的尹峰學長，不是在投行工作嗎？聽說辭職創業了，不少人投資他，結果他捲款跑了……」

「高中以前小花園裡的動物角倒是還在，不過不只兩隻小兔子了，現在是一窩兔子，都是當初那兩隻的後代。」

「……」

陳爍不斷回憶著和寧婉的高中往事，有說有笑的，而傅崢被排擠得完全像個局外人，他沒有參與過寧婉的過去，根本插不上話。

「還有以前，記得我們一起去郭老師家裡上英語補習班嗎？老郭可真黑，兩個小時的補習時間，一個小時發試卷做，第二個小時才批改。」

「怎麼不是？他黑死了好嗎？每次暑假補習班結束，就是單車變摩托……」

傅崢第一次被如此冷落，只悶聲不響地喝茶。陳爍這種行為很幼稚，以傅崢的閱歷來說根本不至於在意這種事，然而看著寧婉看向對方微微笑彎了的眼睛，傅崢覺得心裡有點煩躁。這個剎那，寧婉好像全心全眼都是陳爍，完全忘記桌上還有個自己了。

這兩人還沒談戀愛，自己就已經像個多餘的電燈泡了，也不知道是不是天氣悶熱，傅崢覺得越發煩躁了。

好在寧婉還是挺細心，她還是挺關心同桌別人的情緒，和陳爍聊了一下，便看向了傅崢，努力讓傅崢也能參與到話題裡：「傅崢你上學時候有遇到過這種老師嗎？」

被寧婉閃亮的眼睛重新注視到，傅崢只覺得剛才被忽略的煩躁都漸漸平息了，他清了清嗓子：「沒有，我們高中不流行補習英語，沒有人補習這個，所以不會遇到這種老師……」

寧婉瞪大了眼睛：「竟然都沒人補習？」

「嗯。」

「怎麼會？我們高中補習的可多了！」

傅崢高中就讀於國際私立學校，校內是純英語教學，大部分同學都是外籍的，根本不走升學考路線，確實根本不需要補習。

然而還沒等傅崢解釋，陳爍就又插了進來：「畢竟時代不同，傅律師那時候，高中可能還不流行補習呢，他那時候可能還沒有素質教育呢！」陳爍微笑道：「因為年齡有點差距，可能高中時代的經歷就有代溝吧！畢竟這幾年裡教育改革還挺頻繁挺快的。」

傅崢臉上的笑漸漸淡了，沒了。

自己只是稍比寧婉和陳爍大了幾歲，完全算不上老，但這個梗陳爍彷彿準備用一生一世了。

傅崢看向意氣風發的陳爍，覺得自己這次真的有點不愉快了。然而年齡比寧婉和陳爍大這件事，又的的確確是事實……

高遠是在電話會議上收到傅崢的訊息，一般而言，沒什麼工作上的事，傅崢不太會主動傳訊息給自己，因此看到帶有傅崢名字的通知閃過的剎那，高遠就打起了十二萬分的精神，是自己之前和他討論的破產重組案出了問題？還是別的？

他特地和客戶打了招呼，中途暫停了會議，和客戶另行約定了時間，然後才認認真真點開了訊息——

『我老嗎？』

映入高遠眼簾的是一則只有三個字的訊息，言簡意賅惜字如金，十分符合傅崢的說話習慣，只是……只是這則訊息內容，和自己想得不太一樣啊！這根本不可能是傅崢會問的話！

高遠想了想，謹慎的沒有回答，他決定等。按照他的人生經驗，通常騙子會先以這種幾個字真假難辨的語氣套近乎，再過十分鐘後，大概就會傳來「兄弟，其實我因被人嫌棄太老一時鬼迷心竅嫖娼妄圖重塑自信，結果被抓，現在急著交罰款，這事太丟人，不敢跟別人說，請務必轉點錢到我的帳戶上，我的帳戶是……」

傅崢的手機，八成是弄丟了。

只是等了十分鐘，又等了五分鐘，對面並沒有傳來要轉錢的訊息。高遠想了想，覺得要不然自己主動出擊，打通電話給對面的騙子探探底。

『喂？』

只是等電話接通，無論是那冷豔高貴的語氣，那暗含嫌棄的尾音，對面的聲音和人分明就是傅崢啊！

高遠疑惑了：「你手機沒弄丟？」

傅崢的語氣果然很莫名其妙：『我為什麼要弄丟手機？』

「那你傳那什麼意思？誰說你老了？」

這問題下去，也不知道是不是高遠的錯覺，總覺得傅崢一下子變得有些心虛，語氣也相當不自然，他清了清嗓子：『沒什麼，就突然想起來問問，你覺得三十歲很老嗎？』

「不老啊！男人三十一枝花，人生才剛剛開始！事業上要能全面開花，最起碼三十吧！」

『嗯。』

雖然只有一個字，但高遠覺得，傅崢的心情好像好些了。

高遠這個人，因為學法律帶了點職業病，回答什麼問題都習慣要全面要辯證，要從正反兩方面搜集資料進行論證，於是他繼續道：「不過事業歸事業，我那個十五歲的小姪女，上次抓到她看言情小說呢，唉，我一看，那裡面的霸道總裁男主角，清一色就二十三四，我一問怎麼這麼年輕，都沒三十幾的，小孩和我說，男人到了二十八就老得該入土了，哪裡還配做言情小說男主角呢？」

『……』

不知道是不是錯覺，雖然傅崢什麼也沒說，但高遠沒來由的感覺到了一種低氣壓……

『我有點事，我先掛了。』

最後，傅崢拋下這一句話，就逕自掛斷了電話。

「？？？」

也不知道是不是寧婉的錯覺，今天的傅崢似乎有些鬱鬱寡歡，雖然平時他話也不多，但今天顯然更為沉默，尤其是他中途接了通電話回來後，整張臉彷彿都黑了……

不管如何，酒足飯飽後，三人便重新往辦公室走，寧婉中途也接了通電話，季主任那邊要求她代表社區去開個會。

「反正你們也都認識了，陳爍你就先熟悉下社區裡的工作吧，有什麼不懂的問傅崢。」

寧婉一走，辦公室裡就只剩下傅崢和陳爍，這氣氛就有些微妙了。

陳爍瞥了傅崢一眼：「剛才寧婉讓我給你張電子照，說你幫我辦流程，放社區公告欄裡的。我把照片傳給你。」

明明是新來的，但陳爍這姿態，倒像是個前輩，那說話語氣，彷彿安排傅崢幫自己跑腿似的。傅崢剛才就不太美好的心情，更加不愉悅了。

年長和經驗是一種閱歷，傅崢覺得自己作為老闆，確實有必要讓陳爍意識到這一點。

因此傅崢也沒惱，只溫和道：「那你把照片給我就好。」

果不其然，沒多久，陳爍就傳了一張履歷照來，照片裡他儀表堂堂精神抖擻，傅崢看著照片，露出了真心實意的微笑，然後一氣呵成地傳給了社區工作人員。

既然陳爍不需要自己的指點，又自我感覺良好，那這樣的年輕人，還是需要接受一下社會的錘鍊的。

半小時後，傅崢刷新網頁，陳爍那張相當英俊的照片已經掛在了社區網站上，他抬手看了看腕錶，在心裡默默的倒數計時。

果不其然，一小時後，辦公室門口就出現了好幾個老阿姨，再過了片刻，人越來越多了，一下子呈井噴狀態湧進了辦公室——

「哎呀，我有個法律問題想諮詢，陳律師是吧？陳律師，我先來的，我先問，你是什麼學校畢業的呀？」

「陳律師，你新來的啊？長得真帥啊，沒女朋友吧？」

「小陳啊，我也想諮詢一下……」

「……」

陳爍這輩子從沒見過這樣的場面，雖說此前吃飯寧婉也提點了自己社區法律工作挺繁重，但他從沒想過會這樣，明明上午還沒什麼事，結果下午就一窩蜂湧來了這麼多現場諮詢，並且也不知道怎麼回事，這些老阿姨都探頭探腦地往自己這裡湧。

陳爍一下子被擠得水泄不通呼吸都快不暢，他只能努力引導道——

「我們社區有兩位律師，來不及諮詢的各位也可以到傅律師那邊去……」

結果自己這話還沒說完，就被個老阿姨打斷了——

「我們就想問問你啊小陳，傅律師我們早就認識啦，你多大啦？」

「是呀是呀！小陳阿姨和你加個好友吧？以後有什麼法律問題就問問你！」

「……」

陳爍不知道社區的手段，又沒有寧婉在場，只能被一堆老阿姨圍住「解答」法律問題，等拉拉雜雜把這些阿姨都打發走，他已經開始有些懷疑人生了，絲毫沒有想到，這僅僅是因為一張照片引發的慘案……

傅崢雲淡風輕地看著這一切，偶爾喝一口茶，頗有一種事了拂衣去深藏功與名的感覺，有些年輕人啊，確實要敲打敲打，很多時候，不是不報，而是時候未到。

不管如何，三個人的社區辦公室生活就這樣開始了。

陳爍雖然也有些稚嫩，但確實可圈可點，被社區老阿姨圍攻沒多久後，就殺出了重圍，總之第二天，他已經能接上社區法律工作的軌道，按照這個節奏開始工作，寧婉為了讓他盡快適應，把今天電話諮詢和現場諮詢的工作都交給了他，而陳爍也不辱使命，處理得非常有條理。

「陳爍，你這樣真是大材小用了。」寧婉看著陳爍，眼裡都是滿意，「其實你在總所做案子就好，真的沒有必要特地來社區鍛鍊。社區這些，你體驗一個月就足夠了。」

傅崢頓了頓，手上翻著案卷的動作慢了下來，轉頭看過去。

即便陳爍之前在總所裡工作，但接觸的案子也較傅崢平時接的案子親民得多，因此來社區後適應起來比當初傅崢快很多，本來又是為了討好寧婉在她面前表現，如今看起來確實比自己當初更優異。

而只需要體驗一個月就足夠這句話，寧婉從沒和傅崢說過。這讓傅崢覺得不愉快。他想，應該是自己內心的合夥人靈魂不允許他在工作中被比下去。

不管如何，合夥人該有合夥人的尊嚴，在工作上絕對不應該輸給一個小律師。自己至少應該讓寧婉意識到，誰才是真正業務能打的人，否則以後自己入主總所，怎麼以能力服人？

寧婉對目前的狀態非常滿意，傅崢乖巧聽話，陳爍熱情主動，三個人一起幹活，不僅輕鬆多了，處理起社區的案子，效率也更高了。

而陳爍也比她預料得踏實多了，社區這些案子那麼小那麼瑣碎，根本不能和他在總所團隊裡那些比，但他也做得非常認真細緻，人長得又端正，此刻上門諮詢法律對策的一個年輕女孩，見了陳爍甚至有些臉紅——

「律師你好，我是住在悅瀾社區十棟的，我今天過來真的是沒辦法了，想要起訴我樓上的鄰居！」

陳爍態度很溫和：「我叫陳爍，妳怎麼稱呼？」

女孩看向陳爍，有些害羞和緊張：「我叫韓冉。」

「好的，韓冉，妳能把具體情況說一下嗎？」

女孩點了點頭，一說起正事，她就顧不上不好意思了，語氣相當苦悶：「我住在四樓，我樓上那戶漏水全漏到我這了，我家的天花板都滲水，滴滴答答的像每天都下雨似的，旁邊的牆皮也都起泡往下掉了，整個家裡很潮濕，找樓上那女的處理，也愛理不理的，這樣下去我房子怎麼住呢？所以想告她……」

陳爍思緒很清晰：「這要先確定因果關係，畢竟漏水的話，未必是對方的水管有問題，可能是你們家自己的問題，或者甚至可能是妳這戶樓上的樓上哪裡出了問題，比如建商哪裡沒接好。」

「是，對方一開始也是這樣講，但我已經找裝修師傅看過了，也找到漏水點了，就是樓上的，可樓上說反正漏水影響的也是我，不是她自己，事不關己高高掛起，反正不願意配合修繕。」韓冉無奈道：「我找裝修師傅來看都留下了資料和證據，要上法院的話完全可以證明是她的原因……」

她說完，就從自己的背包裡拿出了一疊資料遞給了陳爍：「這些我都整理好了，但不知道去哪找律師，聽說我們社區有法律服務，所以想問問你能替我打這個官司嗎？」

陳爍仔細翻看了資料，確實挺清晰，想要證明樓上住戶造成的漏水不難，他朝韓冉笑了笑：「可以的，我可以接，妳的相關資料這裡留一下，因為漏水造成妳的房子沒辦法住，我們簽完代理合約我就會盡快去完成取證，然後去法院立案……」

韓冉眨了眨眼，臉有些微紅：「陳律師你太專業了，為了方便溝通，我們能加個好友嗎？」

「……」

陳爍這樣的思緒確實沒錯，證據確鑿訴訟也是一告一個穩，可鄰里糾紛和普通的民事訴訟還是有區別，陳爍雖然有工作經驗，但確實也沒接觸過社區案子……

只是寧婉剛準備開口，就見到一邊原本一直安靜聽著的傅崢先行開了口，他站起身，走到了韓冉面前：「妳找的那位裝修師傅有聯絡方式嗎？我能和他打通電話就一些事再確認下嗎？」

韓冉大概是個外貌協會，本來見了陳爍有點移不開眼，如今一見傅崢，顯然是更吃傅崢的臉，一下子連說話都有些結巴了：「可、可以的。」

她說完，就掏出手機，找出了裝修師傅的號碼，遞給了傅崢：「就這個。」

傅崢朝她笑笑：「謝謝。」說完便接過了手機。

寧婉沒插手，她看著傅崢有條不紊地打了電話，就幾個關鍵點和裝修師傅溝通——

「對，想問下您，針對這種樓上的漏水，如果維修的話有哪幾種方案？」

「謝謝，那還想問下，如果是方案一的話需要花費多少錢？大概多久能夠處理好？」

「如果是治標治本的方案呢？這種需要怎麼處理？花多少錢？」

這幾個問題，陳爍顯然沒想明白傅崢為什麼要問，韓冉本人也不曉得，但寧婉看著傅崢，卻有一種徒弟終於出師的欣慰感——

這剎那，寧婉猶然生出一種養大的豬都能出欄了的感動。

傅崢長大了！

問的每個問題，都問到了關鍵點上！

傅崢掛了電話，果然再次看向了韓冉：「妳樓上的住戶不好溝通，為人很蠻橫是吧？明明看到了妳找裝修師傅調查取證，而且證據可以指明妳家裡漏水是由於她，但完全不作為是不是？」

韓冉點了點頭。

「那麼就算去法院起訴，先不說一審甚至需要二審的情況下這個流程要走多久，即便等妳拿到生效的勝訴判決，如果妳這個鄰居不配合，妳只能申請法院強制執行，而對妳這情況下的強制執行，效果未必會特別好，總而言之，如果是用這種方案，最順利適用簡易程序的話，結案時間法律規定也是三個月內，代理費用基礎服務費需要兩千塊左右。」

韓冉還有些不明所以，但陳爍已經皺起了眉：「傅崢，這是我的案子，這些資訊我都會和我的當事人溝通的。」

傅崢笑了笑：「我知道，但聽我說完，我想說的是，韓冉這個案子，其實除了上面的方案，還有第二種方案。」

陳爍這次臉上明顯有些嘲諷了：「這個案子對方當事人根本不配合，除了訴訟還有別的辦法嗎？難道你是要慫恿我的當事人去樓上吵架解決嗎？」

傅崢沒有理睬陳爍的挑釁，他看向韓冉，逕自道：「我剛才和裝修師傅溝通了，目前妳這種漏水情況，還有一種可以快速修理的辦法。」

韓冉果然有些好奇：「是什麼？我就讓師傅調查取了證，還沒問過解決方法呢。」

傅崢笑笑：「我幫妳問過了。因為漏水的情況沒有特別嚴重，完全是日積月累的滲水把妳的牆皮泡壞了，最終治標治本的解決方法肯定是從源頭上讓對方把自家漏水的水管修好，但如果對方不配合，妳也不能這麼乾耗著對不對？」

「所以師傅建議，妳可以先把自己牆體裡目前造成滲水的縫隙封堵好，再做一下防水層，這個修補費用大概也要兩千塊左右。」

聽到這裡，陳爍就忍不住了：「所以你想說反正都是花兩千塊，就不如別起訴別維權直接花兩千做個防水層？可這種防水層也只是權宜之計，治標不治本，對方的水管只要一直在漏，這防水層早晚也會滲水……」

這一次出言打斷陳爍的是寧婉：「不，陳爍，你先讓傅崢說完。」

傅崢朝寧婉笑了笑：「兩千塊做防水層確實治標不治本，可這兩千塊不論韓冉要不要起訴都需要花費，難道為了等一個勝訴結果等一個強制執行，就不管不顧，三個月的訴訟過程裡完全不干涉，就讓水繼續這麼漏嗎？這是韓冉當前住的房子，為了自己的舒適也為了減少房子牆體的毀壞程度，不論如何，這權宜之計的兩千塊防水層自己也要先墊付吧？」

「這樣墊付之後，其實就會有第二種方案。」傅崢朝寧婉看了眼，然後才看向了韓冉，「我和裝修師傅確認過了，妳這個防水層一旦做完，樓上的水漏不下來，就會聚在樓上那戶自己的地板裡，久而久之，她如果還不願意處理漏水的水管，那麼遭殃的就是她自己的房子，她的地板都會泡爛泡變形變黑。」

「妳完全可以在幫自己的房子做好防水層後，告知對方，我相信這種情況下，對方不出一個月，就會把水管修好了。」

韓冉稍一考慮，問道：「那麼等於如果用方案一，我可能需要等三個月時間，而且不管怎麼樣都要先花兩千塊做防水，還要付律師費；方案二，我可以立刻做好防水在一個月之內讓對方修好水管，不需要付律師費？但這兩千塊，我樓上那女的多半不起訴也不願意承擔，所以就需要我自己來。」

「對，當然，妳要是勝訴了，可以要求對方支付律師、訴訟費，但妳這個情況不屬於法律規定支援對方支付律師費的情形，所以這兩千塊的律師費大概要自己出，但做防水的兩千塊可以要求對方賠付。」

韓冉年輕，腦子轉得也快，很快，她就分析清楚了利害：「所以說來說去，不管是方案一還是二，我都要自己掏錢買單花兩千塊，那我不如選方案二呢，至少省事，不用拖那麼長時間，去法院起訴什麼也很麻煩，而且我做好防水後，她再不處理，遭殃的就是她自己了，聽起來就解氣！」

她一臉崇拜地看向了傅崢：「我想想都覺得過癮，等我修好防水，先過個一禮拜再去告訴她，讓她嘗嘗自己地板被泡壞的感覺，最後只能氣急敗壞自己修！這麼橫！活該！兩千塊錢氣死她，值！」

韓冉說完，又感激又害羞地看了傅崢一眼：「謝謝你啊律師，方便的話能加個好友嗎？」她說完，看了陳爍一眼，「陳律師，我就直接加這個律師吧，反正不起訴了，也不麻煩你了。」

「……」

這含情脈脈的眼神，這崇拜的目光，這少女懷春之心也太明顯了吧……問題是剛才這些都還是看向陳爍的狀態，這位當代女青年也太喜新厭舊了吧……

傅崢自然拒絕了韓冉，韓冉又糾纏了幾次才終於死心，最終在對傅崢的各種讚美感謝中，才轉身離開。

陳爍一時之間，只覺得整張臉上青紅交錯，心情也是跌宕起伏，他原以為這案子將會是他在寧婉面前表現自我的好機會，結果生生殺出傅崢這個程咬金，自己不僅沒表現上，這案子最終還變成了傅崢的個人秀。

雖然他的處理方式CP值確實更高也更實在，陳爍心裡還是有些不願認同，他這樣歪門邪道的處理方式，根本有悖於用法律處理案件的原則，說是社區律師，做的卻是這種工作，這樣的處理哪裡能體現出律師的專業能力？

只是正當陳爍準備組織詞彙發難，就聽傅崢語氣溫和地看向寧婉道：「我這個案子處理得對不對？」

這男人分明比自己和寧婉還年長，然而如今這個樣子，竟然還純真得挺自然，明明是想邀功，結果表現得一點也不顯山露水，看起來一派天真單純。

陳爍剛想出言諷刺，就聽傅崢繼續道——

「我一直記得妳之前和我說過的話，辦理社區案子的宗旨不是結案，而是如何更順滑地切實解決鄰里的糾紛，如果讓對方直接走起訴流程，先不說時間長花費多，樓上樓下鄰居法院見，基本是激化矛盾，韓冉住在樓下，要是起訴激怒了樓上的，樓上想要給她找不痛快可太方便了，什麼等她晒被子的時候從樓上往下潑水之類的，總之肯定會為韓冉未來的生活也埋下禍端。」

傅崢說到這裡，意有所指地看了陳爍一眼，然後重新望向了寧婉：「法律雖然是我們行為準則的底線和準繩，但法律並不是萬能的，不能因為學了法律，在處理糾紛上就變得形而上學慣性思考，法律是輔助工具，社區糾紛的實踐裡，能用更靈活的方式處理，底線用法律來保底，這才是一個律師的能力展現，也是法律的藝術。」

他說完，眼睛盯向寧婉，然後露出了笑容：「我這次表現的對嗎？」裝的！這虛心求教的表情和單純明顯是裝的！陳爍自己是男人，不會不懂同性，傅崢從氣場上給他的印象就並非善人，雖然不明底細，但總之絕對不是什麼傻白甜。

可惜寧婉是真的單純，她一點沒意識到傅崢的心機，眼睛亮亮地看著他，眼神裡充滿了讚許：「傅崢，你真的成長了很多！」

她絲毫不吝嗇地大肆表揚了傅崢，然後看向了陳爍：「陳爍，傅崢說得挺有道理的，這個案子確實用他這種方式更好，社區這塊和總所業務處理上還是有區別的，你以後可以多向傅崢請教請教。」

果不其然，因為這個案子，寧婉一下子就更認可傅崢的專業能力了，反倒是在總所工作了幾年的自己，和傅崢一對比竟然黯淡無光了，完完全全被比下去了。

「談不上請教，這不過是一種思緒方式更為靈活的轉變罷了。」傅崢卻抿唇輕輕笑了笑，「可能陳爍過幾個月就自然適應了。」

陳爍瞪著傅崢，恨不得用眼神瞪死他。

過分謙虛就是驕傲！

這男人，這字裡行間的謙虛模樣，不就是為了讓寧婉再表揚他一次嗎？

果不其然，寧婉拍了拍傅崢的肩膀：「你不用謙虛，你的進步速度確實很讓我驚訝，學得快腦子活也肯幹，陳爍確實有很多地方需要向你討教的。」

傅崢臉上露出了更深的笑意，他看著寧婉，語氣真誠：「主要還是師父教得好。當初還是謝謝妳。」

「……」

這心機成分真的超標了。

從動作到姿態，連陳爍都要忍不住鼓掌，太嫻熟了，太自然了，這互動、這話術，傅崢真的是個勁敵。

寧婉果然有些臉紅，她移開了目光，說話都有些磕磕巴巴了：「也沒，談不上，是你自己上進。」

「……」

這個剎那，陳爍都覺得自己不應該在車裡，應該在車底，明明自己也在場，卻像是個插不上話的局外人，他看向傅崢，眼神更斂了斂，覺得不能等，要主動出擊不能坐以待斃了。

最好的防守，就是進攻！

寧婉對最近辦公室裡的氣氛非常滿意，陳爍非常積極主動，傅崢也充滿了幹勁，兩個人都搶著爭著幹活辦案，幾乎是諮詢電話剛響起來的剎那，這兩個人就搶著接，和搶答題似的；來實地諮詢的案子，這兩人也搶著接待，最後搞得寧婉什麼活也沒有，這兩人都幹完了。

「傅律師真是讓我自嘆不如，三十了反應也這麼靈敏，電話一響立刻就秒接了，我這個二十幾的都甘拜下風！」

「到底不如陳律師，年輕人就是有衝刺力，和百米賽跑似的，人家老阿姨都沒走到門口呢，結果你人影都沒了，已經衝出去先接待了，雖然有點嚇到只是經過並不是要諮詢案子的路人，但這開發案源的激情真的值得我多加學習。」

「傅律師你太客氣了。」

「彼此彼此。」

「……」

寧婉也忙著幹活，沒太在意傅崢和陳爍具體在聊什麼，但看他們兩人對彼此微笑有來有往的模樣，想來是互相學習互相誇獎，頓時內心也有些感動，難怪這兩人談個男性保健都能聊到一塊去，要不是性別相同，就是天造地設的一對啊！共同進步共同學習彼此成就，聽著他們你一言我一語還有那搶著做案子的模樣，寧婉只覺得自己這一刻很多餘。

男人的友情和惺惺相惜，真的很讓人感動！

只可惜寧婉並不知道，在傅崢眼裡，這完全是另一回事了，和陳爍之間的友情，根本不存在的，兩個正值青壯年的雄性在一起，激發的當然是競爭欲，男人的攀比心一旦被激發起來，也很洶湧。

陳爍越對自己充滿敵意越想打壓自己，傅崢就越要反擊，他可是個合夥人，就算隱藏了身分，也不可以輸！否則等以後正式入職正元所了，還怎麼服眾？陳爍這個問題人物豈不是第一時間要惹事？

雖然傅崢和陳爍誰也沒說破，但心照不宣就開始用辦案率和客戶的滿意度在互相比拚，你接了電話，我就弄個實地接待，總之要壓過對方一頭。

傅崢到底是個合夥人，專業技能老道又比陳爍多了點基層經驗，一天下來，累積辦理的電話諮詢和實地諮詢量都遠遠超過了陳爍。

自從升 Par 以來，其實傅崢鮮少有這樣拚體力拚效率的粗放型工作方式，他不缺錢，不缺案源，因此對客戶的選擇幾乎可以稱得上挑剔，很多時候接案子完全隨心所欲憑心情定，今天心情不好，拒絕；明天天氣太好，應該出去散步，不接；後天客戶太話癆，溝通吃力，也不接……

只是如今這樣不論目標額大小拚命做案子，拚命為社區這些居民解決實際問題，雖然累，但傅崢做完後心裡久違的又有了那種職業自豪感和滿足感，原本一成不變的生活裡彷彿重新被注入了激情。

而很快，他也意識到，做這一切都是有回報的——

臨近下班時間，劉桂珍帶著個保溫壺，探頭探腦地出現在了辦公室門口，見傅崢和寧婉都在，她臉上立刻露出了笑意。

「小寧，小傅，太好了，你們都在！」

寧婉連忙迎了上去：「劉阿姨怎麼來啦？有什麼需要幫忙嗎？」

劉桂珍一臉笑容：「沒事，我沒事，就是來看看你們，上次多虧你們幫忙解決了問題。」

傅崢循著聲音看去，才發現劉桂珍身後還跟著史小芳，之前這兩人因為雞叫擾民鬧得不可開交，如今倒是有說有笑一起出現了。

「是啊！多虧你們了！」

被傅崢那麼一看，史小芳也有些不好意思：「之前我挺不對的，歧視外地人，幸虧你們兩位律師幫忙解決了問題，我和桂珍後來一來二去也熟了，發現我們還挺聊得來的，她人也實在，養那隻雞也是守信用才答應的，就覺得人真的挺好挺講道理的，之前是我被氣昏頭了，都沒好好說話……」

劉桂珍也一臉抱歉：「小芳，當初是我不好，那隻雞確實叫得你們心煩……」

挺出人意料的，這兩人一改此前一路打到辦公室的膠著狀態，如今竟然相處甚歡，不僅不吵架了，甚至很能互相體諒。

「現在雞一切都好嗎？」

寧婉的提問，劉桂珍恍然大悟般拍了下腦門：「都快忘了我是來幹什麼的了。」她說完，就把手裡的保溫壺提了提，「這雞湯，特別煲了送你們喝的。」

傅崢愣了愣，看向雞湯：「這是？」

劉桂珍笑笑：「是，就是那隻雞，牠呀，之前教學任務完成了，郭老師提前開課了，所以繪畫課程也提前結束了，如今已經不用養了，郭老師就讓我自己處理，我就到菜市場殺了，味道不錯，我家養的，飼料都純天然的，你們一定要嘗嘗，這雞湯鮮著呢！」

史小芳也幫腔道：「味道好著呢！桂珍也送了一壺給我們家，真的鮮！你們一定要嘗嘗！」

劉桂珍不容分說把湯塞給了寧婉：「你們喝著，過幾天我們再來拿這保溫壺！」

這兩人說完，就有說有笑挽著手走了。

寧婉望著兩人走遠的背影，心裡很是感慨，幸而當初處理方式靈活，不僅解決了糾紛，也沒埋下任何禍端，使得這對鄰居還能好好相處慢慢成為朋友。

寧婉心裡非常滿足，而等她兩眼放光地打開了保溫壺後，就更滿足了——

「啊！真的好香！」

這雞湯確實如劉桂珍所言，看起來就很好喝，裡面還放了不少菇類，光是聞起來就讓人食指大動。

保溫壺裡自帶一個碗，寧婉在辦公室裡也放著兩個裝水果的玻璃樂扣盒，正好湊成三個，她開開心心分了碗，然後一人倒了一碗雞湯——

「來來來，喝雞湯！」

寧婉先盛了一碗給陳爍，然後再盛了一碗給傅崢，然後自己也來了一碗。

雞湯一如所料，鮮美又醇厚，只可惜寧婉喝到一半，就接了通電話：「我去拿個快遞，你們先喝。」

她急急忙忙把剩下的一半喝了抹抹嘴就往外跑。

辦公室裡就剩下陳爍和傅崢了。

傅崢看向陳爍，心裡有些風起雲湧，寧婉把保溫壺自帶的碗給了自己，而她和陳爍用的是她的玻璃樂扣，那是一對的，而且陳爍那個樂扣明顯比自己這個碗大，陳爍那碗雞湯，肉眼可見的比自己的多……

雞湯傅崢喝得多了，也不在乎多喝兩口還是少喝兩口，然而此刻，並不是雞湯的事，是尊嚴之戰。

雞湯確實鮮美，但傅崢低頭喝著湯，只覺得味同嚼蠟。

憑什麼？他的心裡只有這三個字。

嚴格說來，這雞叫擾民的案子，是他傅崢和寧婉一起辦的，當初有他陳爍什麼事呢？結果如今一個根本沒有參與過案子的人，竟然大剌剌衝進來摘取勝利果實擠占自己的成果了？

為了這個案子，自己的高級訂製西裝被雞啄了，自己的嗅覺在養雞場的雞屎裡差點永久失靈，自己甚至屈尊按住了那隻雞，成功為那隻雞成為雞公公貢獻了一份力，然而如今好不容易解決的案子，當事人的感謝雞湯明明是給自己的，憑什麼陳爍可以分一杯羹？分一杯羹也就算了，更過分的是為什麼他的雞湯還比自己的多？還多那麼多！

這不公平！

傅崢的心裡有些不服，但他沒說什麼，只低頭喝湯，他是個合夥人，不應該為這種事斤斤計較。

只是傅崢不打算計較，陳爍卻主動挑釁了——

「傅律師，你這碗湯，好像比我的少不少啊。」

「……」

陳爍笑笑：「看來學姐還是挺體貼的。」

體貼什麼？傅崢心裡冷笑，那是對你的體貼，給你碗大的，真是得了便宜還賣乖……

陳爍剛才辦案裡落了下風，此刻找到機會了，明顯不想放過，傅崢板著臉喝雞湯，陳爍還要落井下石——

「傅律師是不是不能理解寧婉學姐的體貼啊？」陳爍笑咪咪的，「其實你這碗少，我這碗多，都是有道理的，學姐對你也很好的，雞湯這個東西吧，嘌呤高，其實年紀大的喝多了不好，尤其三十幾歲的男人，喝多高嘌呤的，很容易尿酸過高，要痛風呢，學姐一定是考慮到這一點，所以把大碗的雞湯留給了更年輕的我，畢竟身體機能是騙不了人的……」

傅崢心裡簡直快要氣炸了，男人三十一枝花，怎麼就年紀大到都不能喝雞湯都快要痛風了？這個陳爍仗著比自己小了幾歲，每天揪著年齡說事，難道他未來不會三十歲嗎？看他這個著急的長勢，未來三十了，還不如自己呢！

傅崢在心裡不斷暗示自己，要大度，要鎮定，不能和年輕人一般見識，自己是個高級合夥人，應該有高級合夥人的氣量和胸襟，陳爍這種求偶期的鬥雞，自己怎麼可以自降身價和他一般見識？他對自己的天然敵視，也不過是因為自己的優秀，年輕人面對強而有力的掌權者，會有危機感很正常……

可即便不斷自我安慰，傅崢心裡還是很悶，他可以接受陳爍敵視自己，但寧婉不能這樣對他，這案子明明是自己和她辦的，這碗雞湯陳爍都是靠著自己才喝到的，憑什麼寧婉還給他更多，難道她也覺得自己老了不能喝高嘌呤嗎？難道她也嫌棄自己老嗎？

雖然在辦案品質和效率上自己都完勝了陳爍，但因為一碗雞湯，傅崢覺得自己輸了，還輸得一敗塗地。

雞湯本來很鮮美，但現在，傅崢一口也喝不下去了。

——《勸你趁早喜歡我 02》完——

高寶書版集團
gobooks.com.tw

YH 208
勸你趁早喜歡我（02）

作　　者　葉斐然
封面繪圖　單　宇
封面設計　單　宇
責任編輯　楊宜臻
內頁排版　賴姵均
企　　劃　何嘉雯

發 行 人　朱凱蕾
出　　版　英屬維京群島商高寶國際有限公司台灣分公司
　　　　　Global Group Holdings, Ltd.
地　　址　台北市內湖區洲子街88號3樓
網　　址　gobooks.com.tw
電　　話　(02) 27992788
電　　郵　readers@gobooks.com.tw（讀者服務部）
傳　　真　出版部(02) 27990909　行銷部 (02) 27993088
郵政劃撥　19394552
戶　　名　英屬維京群島商高寶國際有限公司台灣分公司
發　　行　英屬維京群島商高寶國際有限公司台灣分公司
法律顧問　永然聯合法律事務所
初版日期　2025年07月

原著書名：《勸你趁早喜歡我》由北京晉江原創網絡科技有限公司授權出版。

國家圖書館出版品預行編目(CIP)資料

勸你趁早喜歡我 / 葉斐然著. -- 初版. -- 臺北市：
英屬維京群島商高寶國際有限公司臺灣分公司,
2025.07
　冊；　公分. --

ISBN 978-626-402-290-3(第2冊：平裝)

857.7　　114007850